WOLFGANG WIESMANN
MARAS LIEBE

Wolfgang Wiesmann

Maras Liebe

Roman

© 2016 AAVAA Verlag

Alle Rechte vorbehalten

1. Auflage 2016

Umschlaggestaltung: AAVAA Verlag
Coverbild: Wolfgang Wiesmann

Printed in Germany

Taschenbuch: ISBN 978-3-8459-2072-6
Großdruck: ISBN 978-3-8459-2073-3
eBook epub: ISBN 978-3-8459-2074-0
eBook PDF: ISBN 978-3-8459-2075-7
Sonderdruck Mini-Buch ohne ISBN

AAVAA Verlag, Hohen Neuendorf, bei Berlin
www.aavaa-verlag.com

Alle Personen und Namen innerhalb dieses Buches sind frei erfunden.
Ähnlichkeiten mit lebenden Personen sind zufällig und nicht beabsichtigt.

Maras Liebe

Ein farbiger Kaffeemann, der vielleicht gerade wegen seiner schwarzweiß gestreiften Schürze so sexy aussah, hatte Susanne eine kleine Schokolade auf die Untertasse gelegt. Mara hatte das von ihrem Platz aus beobachtet.

Die beiden Frauen saßen im Halterner Stadtcafé. Mara hatte Susanne angerufen, weil ihr das Leben seit einiger Zeit keine Regenbogenfarben mehr an den Himmel zauberte. Sie musste raus aus ihrer Grauzone und dazu brauchte sie unbedingt ein paar aufmunternde Worte. Seitdem sie ihren irischen Mann verlassen hatte und untröstlich allein in ihre alte Heimatstadt zurückgekehrt war, bewegte sich ihr Leben rückwärts. Die Zukunft übte keinen Reiz mehr aus. Im Grunde war sie ganz verschwunden, was auch daran lag, dass sich ihre Gefühle ständig in der ungeliebten Vergangenheit verloren.

Mara musterte ihre Freundin. Vor vier Jahren hatten sie sich aus den Augen verloren. Susanne hatte sie damals zum Flughafen begleitet, als sie kurz nach ihrer Hochzeit mit Maddy nach Irland ausgewandert war.

Beide schauten auf, als der hochgewachsene, breitschultrige Schwarze ihre Bestellung an den Tisch brachte. Eine imposante Gestalt, dachte Mara. Wenn er vom Wesen so charmant wie sein Lächeln war, wäre er eine willkommene Abwechslung, das Grau aus ihrem Leben zu verscheuchen.

Am Telefon hatte sie den flüchtigen Eindruck gehabt, dass Susanne nicht so begeistert wie früher war, wenn sie sich verabredeten. Es klang merkwürdig, aber Susanne kam ihr so erwachsen vor. Das Herzliche und ihr albernes Kichern waren weg. Aber vielleicht hatte sie sich getäuscht.

Als der Schwarze die Getränke serviert hatte und zur Kuchentheke zurück ging, schauten Mara und Susanne ihm nach. Ohne ein Wort der Verständigung waren sie sich einig, dass nur ein Schwarzer so gehen konnte.

Mara wußte, dass das Porzellan im Stadtcafé vorgewärmt war. Als sie daran dachte, dass Susanne gleich das weiche Schokolädchen, das auf ihrer Untertasse lag, von den Fingerspitzen lecken würde, überkam sie eine Heißhungerattacke. Sie nahm das verführerische Täfelchen, bat Susanne mit einer oberflächlichen Geste um Erlaubnis, pellte das Papier ab und versank mit geschlossenen Augen im Schokorausch.

„Wie ich dich beneide", murrte Susanne voller Selbstmitleid. „Ich habe mir das Schokolade essen abgewöhnt. Ich war die Vorwürfe leid, wenn ich gesündigt hatte. Konnte nicht aufhören. Nun kann ich gut darauf verzichten."

Susannes übertriebene Vorsicht passte nicht zu den Erinnerungen, die Mara an ihre Freundin hatte. Früher hätten sie ein paar Pölsterchen hier und da nicht aus der Bahn geworfen. Nun klang alles nach Verbot.

„Aber du hast doch eine tolle Figur", schmeichelte Mara und hoffte, dass sich Susanne an die ausgelassenen Dialoge von früher erinnerte. Aber wie konnte sie das erwarten? Susanne war mittlerweile verheiratet und eigentlich war das gut, denn dadurch konnte sie auf mehr Verständnis für ihre Situation hoffen.

Mit sechsundzwanzig lagen ihre Zukunftspläne in Schutt und Asche, begraben irgendwo zwischen hartnäckigen irischen Traditionen und vielen Versuchen, darin nach ihren Vorstellungen glücklich zu werden. Ihr Mann Maddy schrieb Briefe, aber er sagte darin nicht das Richtige. Immer klang alles so wie aus einem Hollywood Streifen, als wäre Liebe ein statischer Sonnenuntergang. Sie hatten sich geliebt und deswegen ging ihr eine Frage nicht aus dem Kopf: Warum hatte die Liebe nicht geholfen?

Ihr Leben stagnierte im Moment, und so hatte sie keinen anderen Ausweg gesehen, als ihre alte Freundin Susanne einzuweihen. Am Telefon hatte sie um Hilfe gebeten. Sich mal richtig aussprechen zu dürfen, hatte sie geklagt, das würde ihr vielleicht die Melancholie vertreiben, die sie seit Tagen mit einer gnadenlosen Schwere erdrückte.

Mara leckte sich den Rest Schokolade von den Fingerspitzen, stand auf und ging zum Kuchenbüffet, wo der stämmige Kaffeemann gerade die verchromten Armaturen der Kaffeemaschine polierte.

„Hi, darf ich Sie um einen Gefallen bitten?"

„Worum geht's, junge Frau?"

„Ich hätte gern auch so eine kleine Schokolade. Bei meinem Früchtecocktail gab's keine dazu."

„Nah dann hätten Sie doch besser auch einen Cappuccino bestellt", grinste der Farbige und griff mit seiner imposanten Hand in die Silberschale, in der Hunderte kleiner in rotes Glanzpapier eingepackte Schokolädchen lagen.

„Hier, nehmen Sie! Gut für die Nerven. Wenn ich nicht jeden Tag zwanzig davon äße, würde ich in diesem Laden glatt verrückt."

Mara strahlte und hielt ihre Hand auf. Als sie merkte, dass ein wahrer Schokoladenregen auf sie zukam, hielt sie beide Hände vor sich. Ihre Pose erinnerte sie an das Sterntalermädchen. Das kleine Mädchen gab alles, bis es nackt im dunklen Wald stand. Diese Stelle der Geschichte hatte sie als Kind nie verstanden. Es wäre ihr unter keinen Umständen in den Sinn gekommen, sich für das Wohl anderer splitternackt auszuziehen. Allerdings, wenn sie es sich genau überlegte, stand sie im Moment nicht weniger nackt im Leben, so ohne Mann und ohne Hoffnung.

Noch in Gedanken verhaftet lächelte sie den Kaffeemann an und warf ihm ein schmeichelhaftes Danke zu. Der Schwarze bedankte sich mit einem breiten Grinsen. Ein flüchtiges Glück huschte kurz durch sie hindurch. Sie liebte diese kleinen Glücksmomente, die ganz unvermittelt plötzlich auftauchten aber leider immer wieder schnell verschwanden. Sein Lächeln hatte es geschafft, sie für einen Augenblick so wunderbar leichtfüßig zu machen.

„Wie wär's, möchten Sie eine?", fragte sie ihren Gönner und hielt ihm eine Handvoll bunter Täfelchen entgegen.

„Wenn noch was übrig bleibt, dann gerne. Für eine Schokoladenparty mit Ihnen bin ich immer zu haben."

„Schokolade ist schon ziemlich verführerisch", scherzte Mara und lächelte einladend.

„Schokolade will Sie einfach nur glücklich machen", sagte der Schwarze und Mara bewunderte seine strahlend weißen Zähne.

„Sie kennen sich mit Schokolade aus", schmunzelte sie und wandte sich um. „Sie haben bei mir für gute Laune gesorgt ", rief sie ihm mit einem Blick über ihre Schulter zu. „Vielen Dank noch mal."

Der Kaffeemann schaute ihr nach. Mara setzte sich und fühlte sich plötzlich so gelöst, genau richtig für ein Schokolädchen. Während sie das Papier löste, fragte sie Susanne:

„Ist dir auch aufgefallen, dass der Schwarze, der Kaffee und die Schokolade haargenau die gleiche Farbe haben?"

Susanne reagierte mit einem verzeihlichen Lächeln, als wollte sie sich von der Naivität der Frage distanzieren. Mara wollte sich ihre heitere Stimmung nicht verderben lassen. Ihrer Freundin war anscheinend der Humor abhandengekommen.

Mara und der Farbige hätten nicht unterschiedlicher aussehen können. Sie ragte ihm gerade mal bis unters Kinn. Auch der Kontrast ihrer Haare konnte nicht auffälliger sein. Sie hatte naturblondes kurz gelocktes Haar, was ihrer zierlichen Figur etwas Engelhaftes verlieh, während der Farbige eine gute Mischung aus Louis Armstrong und Muhammad Ali abgab.

„Ist schon ein cooler Typ, bisschen gentleman like", bemerkte Mara mit der Absicht, Susannes Gesprächslaune anzukurbeln. Eigentlich hatte sie sich das anders vorgestellt. Schließlich war sie die Bedürftige und Susanne wusste das. Irgendwie musste was passieren. Mara war die Schmalspurkonversation leid.

Stell dir mal vor, der Kaffeemann wäre ganz aus Schokolade. Überall, wo du leckst und schmeckst, ist Schokolade, süß von oben bis unten."

Susanne nippte an ihrem Cappuccino, als hätte sie die süffisante Anspielung nicht bemerkt. Mara wartete und fand es spannend, ob Susanne auf den Köder anbeißen würde.

„Ich kann mir nicht vorstellen, Sex mit einem Schwarzen zu haben", sagte Susanne, bemüht ihre Emotionen zu kontrollieren. Sie leckte sich den Milchschaum von den Lippen. „Sind die eigentlich überall schwarz?"

„Überall! Auch da!", betonte Mara und war erleichtert, dass Susanne endlich auftaute.

„So genau wollte ich das gar nicht wissen."

„Jetzt weißt du's trotzdem", betonte Mara voller Lust, Susanne aus der Reserve zu locken.

„Und warum sollte ich dir glauben?", fragte Susanne distanziert.

„Es war auf einem Oktoberfest, bevor ich Maddy kennenlernte. Ich arbeitete als Kellnerin. Da war ein schwarzer Typ. Der wartete bis zum bitteren Ende auf mich und war stocknüchtern. Das hatte mir imponiert. Ich fand sein amerikanisches Deutsch so wahnsinnig sexy. Er wollte, dass ich ihn berichtigte, was ich bei fast jedem seiner Worte tat. Wir verstanden uns toll und landeten in seinem Hotel. Beim Baden hab ich mir sein Teil genauer angesehen."

Susanne ging nicht weiter darauf ein. Ob aus Verlegenheit oder weil plötzlich der Groschen gefallen war, kam sie auf den eigentlichen Anlass ihres Treffens zu sprechen.

„Was macht Maddy? Seht ihr euch noch?"

Konsterniert über die unerwartete Konfrontation mit ihrer leidvollen Vergangenheit fühlte sie sich von einem Stich in eine offene Wunde getroffen. Ein bisschen mehr Feinfühligkeit hätte Susanne zeigen dürfen. Aber vielleicht war sie selber zu empfindlich. Die Ereignisse der letzten Wochen hatten sie sehr sensibilisiert und nun war sie sich nicht mehr sicher, ob sie überhaupt noch über ihre Trennung von Maddy sprechen wollte.

Den Kontakt zu Susanne hatte sie lange hinausgezögert, weil sie ihre missliche Lage allein bewältigen wollte, aber es war immer schlimmer geworden. Sie hatte das Alleinsein unterschätzt. Alles tat weh, aber das sollte nur vorübergehend sein. Da hatte sie sich allerdings getäuscht. Die Tage zogen wie ein zähes Kaugummi an ihr vorbei. Immer die gleiche graue Masse aus Hilflosigkeit, Selbstvorwürfen und einer Routine, die seit ihrer Rückkehr wie ein gemächliches Uhrwerk die Zeit verlangsamte.

Pusteblume hatten ihre Freunde sie früher genannt und das nicht wegen ihrer lockigen Haare, sondern wegen ihrer Lust das Leben auszuprobieren, hungrig nach neuen Abenteuern zu sein. Dass die Ehe mit Maddy zur Bruchlandung wurde, ließ sie aus allen Wolken fallen und nun mit Susanne über das Scheitern zu reden, zeigte ihr das ganze Ausmaß ihres Scheiterns. Sie musste sich unbedingt auf andere Gedanken bringen.

„Seit ich zurück in Deutschland bin, hab ich Maddy nicht gesehen. Er hängt bestimmt zu Hause bei seiner

Familie rum. Wahrscheinlich schimpfen alle auf mich, tun so, als hätten sie gewusst, dass ich den armen Maddy unglücklich machen würde. Maddy zergeht vor Selbstmitleid und seine Mama unterstützt ihn dabei. Manche Mütter vergöttern ihre Söhne, als wären sie unfehlbar."

Mara reflektierte ihre Worte und fühlte eine unerträgliche Ohnmacht. Sie hatte eine wunde Stelle berührt.

„Komischerweise klappte alles, solange wir in München wohnten. Als wir 2008 wegen der angeblich tollen Jobs nach Irland gingen, begann unsere Abwärtsspirale."

Mara spürte plötzlich, dass ihr das Reden die Schwermut aus den schmerzvollen Erinnerungen nahm. Jedes ausgesprochene Wort verringerte den Druck, der sich in ihrer Brust angesammelt hatte. Sie schöpfte neuen Mut und sprach ein anderes Kapitel ihrer Beziehung an.

„Maddy und ich, wir hatten ein schönes Haus ganz für uns allein. Dass seine Eltern in der Nähe wohnten, störte mich anfangs nicht. Ich dachte, es wäre toll, wenn Maddy Gelegenheit hatte, bei seiner Familie vorbeizuschauen. Aber daraus wurde ganz schnell eine saublöde Angewohnheit. Wenn ich mal später kam, hatte er schon bei seiner Mama gegessen. Und wenn ich dann mit Mama über Maddy und seine Pflichten zu Hause reden wollte, hieß es, ich sollte mich nicht so anstellen. Seine Mutter tat so, als sei Maddy ein Märchenprinz und ich sollte froh sein, ihn abbekommen zu haben. Voller Stolz schwärmte sie von ihrem tollen Sohn und betonte, dass Maddy sechs Leute unter sich hätte und ich ja nur Kellnerin sei."

Susanne schaute unauffällig auf ihr Handy, was Mara nicht entgangen war. Sollte sie protestieren? Kraftlos nahm sie hin, dass Susanne wohl nicht länger die gleiche gute beste Freundin war. Sie lehnte sich zurück, um ihrem Frust Gelegenheit zu geben sich zu verdrücken. Irgendwie ging im Moment alles schief.

Der Schokomann balancierte ein Tablett mit Kaffeekännchen und Tellern mit Tortenstücken an ihnen vorbei. Obwohl er sich zwischen den sitzenden Gästen durchschlängeln musste, warf er Mara einen raschen Blick zu. Sein smartes Lächeln lenkte sie ab. Flirtete er mit ihr? Das tat gut, im richtigen Moment. Sie wünschte sich nichts lieber als eine Gini in the Bottle, eine echte Fee zur Freundin, eine die über den Dingen schwebte und ihr von oben aus luftiger Höhe die Hand reichte. Vielleicht musste sie sich einfach damit begnügen, dass Susanne wenigstens so tat, als würde sie Anteil nehmen. Wie kindisch von ihr, sich eine Glücksfee zu wünschen. Die hatten sich selbst im mythenreichen Irland nicht blicken lassen. Eine gute alte Freundin hatte das Recht sich zu verändern. Damit fand sie sich wohl besser ab.

Susanne musste Maras Gefühlsschwankungen bemerkt haben. Sie bat sie weiter zu erzählen. Mara zögerte, wollte eigentlich nicht, fuhr dann aber fort.

„Kaum waren wir in Irland angekommen, schlüpfte Maddy zurück in seine irischen Rollen: Länger schlafen, Freunde mitbringen, maßlos Geld ausgeben, jedes Wochenende Saufen, teures Auto fahren, abends raus in den Pub, den Golfclub, zum Fischen oder bei seiner Familie hocken. Klar hatten wir auch tolle Zeiten, aber auf Dauer verlor ich die Lust. Seine Familie fing an, mich zu kritisieren. Sie wollten, dass ich immer gute Laune hatte. Du kannst dir das vielleicht nicht vorstellen, aber ich wollte mich nicht anpassen. Ich wollte ich bleiben."

Mara musste gegen aufkommende Tränen ankämpfen. Susanne griff in ihre Handtasche und schob ihr dezent ein Taschentuch zu. Mara griff aber nach einem weiteren Schokolädchen. Das gab ihr Zeit sich zu sammeln. Susanne trank den Rest ihres Cappuccinos.

„Vier Jahre kann man doch nicht einfach wegwerfen", vernahm Mara aus dem Mund ihrer Freundin. Endlich ein Lichtblick ihrer Anteilnahme. „Wir haben dich damals alle beneidet, weil du so viel Selbstvertrauen hattest und so mutig warst, mit ihm auszuwandern."

Mara fühlte sich ermutigt, ihre Geschichte fortzusetzen.

„Mit der Zeit wurde mir klar, dass Maddy Rollen spielte, und zwar so geschickt, dass es keiner merkte. Mir kommt es bis heute so vor, als hätte ich den richtigen Maddy nie kennengelernt. Wenn ich über sein Verhalten sprechen wollte, stritten wir. Du weißt nicht, wie die Männer da sind. Die reden nicht über Gefühle. Er liebt mich, das weiß ich und bittet mich zurückzukommen. Aber was soll ich mit einem ‚Ich liebe dich', wenn sich nichts ändert?"

„Und du? Liebst du ihn denn noch?"

Ein leichter Seufzer entrann ihr, als würde sie ihm ausgerechnet jetzt eine Träne nachweinen. Aber das tat sie nicht. Tränen waren genug geflossen. Das Schlimme an Susannes Frage war, dass sie keine sichere Antwort darauf wusste. Das zeigte ihre ganze Verzweiflung. Sie war aus ihrer Ehe und irgendwie auch aus ihrem Traum geflüchtet und war dann bitterböse gelandet und konnte nicht erklären, warum all das so geschah.

„Damals standen meine Gefühle Kopf. Natürlich stellte ich mir dauernd die Frage, ob ich ihn noch liebte und suchte nach einer ehrlichen Antwort. Keiner konnte mir helfen. Da ist niemand, der dir sagt, ob das, was du fühlst, echte Liebe ist. Am Ende war ich so durcheinander, dass ich nicht mehr wusste, ob ich diesen beknackten Maddy je geliebt habe. Eins wurde mir jedoch klar. Wenn du nicht sofort weißt, ob du jemanden liebst, dann erspar dir das Suchen. Mit Denken findest du das nicht heraus."

Susanne zuckte die Schultern und verschränkte die Arme, was Mara als Zeichen ihres Missfallens deutete.

„Wie hast du bloß den Mut zur Trennung aufgebracht?"

Da gab es ein Kapitel, das Mara bisher niemandem anvertraut hatte. Nun wollte sie wissen, wie es sein würde, davon zu erzählen.

„Sich für eine Trennung zu entscheiden ist nichts für Weicheier. In dieser Hinsicht war Maddy ein Schlappschwanz. Er hätte sich nie getrennt. Also was machte ich in der Situation? Ich heulte, schrie und wurde ganz still und dann heulte ich wieder. Ich konnte mich nicht entscheiden. Zum Glück hörte ich von einem Mann. Sein Name war Paul, ein Lebensberater oder so."

„Und weiter? Wie kann ein Fremder dir eine Hilfe sein? Oder war er ein Herzensbrecher und du hast da was verwechselt?"

„Selbst das wäre mir egal gewesen. Aber nein, dieser Paul ist mindestens 60. Ein alter Mann, aber ohne Bauch. Ich habe ihn in seiner Wohnung besucht. An der Wand hingen Masken, Speere und Federschmuck von Indianern, alles wild durcheinander. Der Raum war überfrachtet mit Büchern, Maschinenteilen und Staffeleien mit halb fertigen Bildern. Er machte eine

Kanne Tee, gab noch ein paar Kräuter hinein und so tranken wir, ohne viel Worte zu sagen. Einfach neben ihm zu sitzen, das hatte mich entspannt."

„Hast du keine Angst gehabt, dass er dir was in den Tee getan hat? Keine zehn Pferde hätten mich da reingekriegt", empörte sich Susanne und verdrehte die Augen.

„Es war harmlos. Er massierte meine Schultern. Seine knetenden Berührungen wirkten Wunder. Überall wurde mir ganz warm am Körper, als säße ich in der Badewanne. Dieser Mann strahlte eine unglaubliche Ruhe aus. Er legte eine Hand auf meine Stirn und die andere auf seine Brust und dann passierte etwas. Mein Magen fing an zu rumoren, es kullerte und gluckste. Allmählich fühlte sich mein Kopf ganz leer und leicht an, verstehst du, als hätte jemand durchgefegt und alle bösen Gedanken vertrieben."

„Der hätte doch alles mit dir machen können", entrüstete sich Susanne erneut.

„Hat er aber nicht. Wir sprachen lange miteinander. Beim Abschied standen wir draußen vor seinem Haus. Ein kalter Westwind fegte uns um die Ohren. Er schaute mich so gutmütig an und umarmte mich dann. Es war mir klar, dass ich mit meinem Problem kein Stückchen voran gekommen war, aber das Tolle war, dass es mir zum ersten Mal nichts mehr ausmachte. Paul sagte mir damals, dass mein Herz nun frei sei und es mir den richtigen Weg weisen werde.

Auf der Heimfahrt stellte ich mir dann eine Frage. Ich nannte sie die Herzensfrage, weil nur mein Herz sie beantworten sollte. Sollte ich Maddy noch am gleichen Tag verlassen? Ich bekam keine Antwort, aber ich wusste zum ersten Mal, dass etwas passieren würde."

„So wie du das erzählst, krieg ich eine Gänsehaut. Was genau meinst du mit Herzensfrage?"

„Das Herz kennt alle Antworten zu deinen wirklich wichtigen Fragen. Leider dringt der Mensch nicht oft zu seinem Herzen vor. Paul hatte es geschafft, mich zu mir selbst zu führen. Als ich Zuhause ankam, lag Maddy schon im Bett. Ohne nachzudenken, ging ich zum Abstellraum und holte meinen großen Reisekoffer hervor. Dann ging ich schlafen."

„Und du bist sicher, dass dieser Paul dich nicht hypnotisiert hat?"

„Was spielte das noch für eine Rolle? Ich brauchte nicht mehr nachzudenken, alles passierte automatisch. Das war die Antwort auf die Herzensfrage. Nicht du entscheidest, sondern du lässt dein Herz entscheiden. Das ist total merkwürdig. Du gibst dein Nachdenken auf und tust einfach, was du tust. Du fragst nicht mehr. Du überlässt dich ganz deinem Gefühl. Am nächsten Tag packte ich meinen Koffer und wartete bis abends auf Maddy. Als er kam, sah er den Koffer und wusste sofort Bescheid. Er begann herumzuschreien und ich kriegte einen Heulkrampf. Er führte sich auf wie ein Idiot, dann fing auch er an zu weinen. Wir lagen lange umschlungen vor dem Kamin. Keiner wollte sich rühren, weil das Abschied bedeutet hätte. Wir sind dort beide eingeschlafen. Irgendwann wurde ich wach und schlich mich aus dem Haus. Seitdem habe ich Maddy nicht mehr gesehen."

„Das tut ja jetzt noch weh."

„Ich weiß nicht, wie es weitergehen soll. Ich bin verheiratet und lebe nicht mit meinem Mann zusammen. Susanne, ich bin erst 26. Was, wenn Maddy sich eine andere nimmt? Ich hab alles vermasselt."

Die Übermacht ihrer Gefühle ließ Tränen kullern. Mara schluchzte und nahm nun Susannes Taschentuch, um sich die Wangen zu trocknen.

„Vielleicht kommt Maddy zu dir zurück und ihr werdet hier glücklich."

Der farbige Kaffeemann kam an den Tisch der beiden Frauen und fragte, ob sie noch etwas bestellen möchten. Als er Maras emotionale Verfassung bemerkte, ging er zur Kuchentheke und kam freudestrahlend zurück.

„Da muss etwas mit der Schokolade nicht stimmen", sagte er mit einem rollenden Bass und stellte ein kleines Marzipanschwein vor Mara auf den Tisch.

„Das bringt bestimmt mehr Glück", schmunzelte er galant. „Und vielleicht zaubert es Ihr schönes Lächeln zurück in diese Welt."

Mara und Susanne sahen sich an, blickten auf das Schweinchen und dann mussten die Drei einfach lachen.

„Danke", nuschelte Mara und schnäuzte sich die Nase. „Es gibt ja doch noch Männer mit dem Herzen am richtigen Fleck. Und Humor haben Sie auch."

Während sie sich die Augenlider tupfte, sprach sie weiter.

„Sie sind der netteste Schokoladenmann, dem ich je begegnet bin. Wie heißen Sie?"

„Max."

„Freut mich Sie kennenzulernen. Ich habe Sie hier noch nie gesehen."

„Kein Wunder, bin vor einer Woche aus Aruba hier angekommen. Dieses Café wurde von einer holländischen Kette übernommen und die haben mich als Manager eingestellt."

„Aruba hört sich afrikanisch an."

„Vor 400 Jahren wäre ich Ihnen in Aruba als Sklave begegnet, der Ihnen bestimmt keine Schokolädchen geschenkt hätte. Sie hätten mich vermutlich keines Blickes gewürdigt, während Sie in ihrem langen weißen Kleid unter einem Sonnenschirm an den prunkvollen Häusern am Hafen entlang flanierten und die schwarzen Leibeigenen in der sengenden Sonne mit schweren Hämmern Holzpfähle in die Erde rammten. Aruba war eine holländische Kolonie. Sie werden es nicht glauben, aber an dieser Stelle in der Karibik sprechen die Leute holländisch."

„Traumhaft!", strahlte Mara. „Weit weg im Sonnenuntergang mit bloßen Füßen einen Strandspaziergang machen. Das wär jetzt die richtige Medizin."

„Was hält Sie davon ab?"

„Meine letzte Reise dauerte vier Jahre und nun bin ich etwas mutlos, weil ich nicht freiwillig hier gelandet bin. Ich bin genau da wieder angekommen, wo ich mit 22 aufbrach und das hätte ich mir nicht träumen lassen."

„Ich finde, dass Sie eine mutige Frau sind."

„Vielleicht auch nur ein bisschen verrückt."

„Sie haben mir noch nicht gesagt, wie Sie heißen."

„Mara McDowell."

„Das klingt schottisch."

Mara kannte die Spekulationen um ihren Namen und hatte auch eine Geschichte zu bieten.

„Vor 300 Jahren sind die McDowells von Schottland nach Irland ausgewandert. Einen davon hab ich erwischt. Ich bin mit einem Iren verheiratet."

„Rote Haare und Sommersprossen. Ich war mal auf einer St. Patrick's Parade in New York. Ein lustiges Völkchen, verkleiden sich als Zwerge mit roten Bärten und Kleeblättern."

„Ja, wenn es um Blödsinn geht, sind die Iren Weltmeister."

„Ich muss wieder", sagte Max und blickte zur Kuchentheke. „Kundschaft. War nett mit Ihnen. Würde mich freuen, wenn Sie öfter kämen."

Susanne war sichtlich angetan von der Konversation.

„Netter Mensch, dieser Max", schwärmte sie. „Wenn deutsche Männer nur halb so charmant wären. Was glaubst du, wie alt er ist? Bei einem Farbigen kann ich das Alter überhaupt nicht schätzen."

„Er spricht wie ein wohlerzogener Junge. Fast schon zu brav. Hast du seine weißen Zähne gesehen, wenn er lacht. Keine einzige Falte. Mitte dreißig, wenn du mich fragst."

Susanne schaute zu Max herüber und sagte verschämt:

„Wie es wohl ist, solche Lippen zu küssen?"

„Probier's doch!"

Susanne sah einen Augenblick so aus, als überlegte sie wirklich, wie ein Kuss von Max sich anfühlen würde. Sie war seit Kurzem mit Peter verheiratet.

„Peter würde kein Verständnis für meine Neugier zeigen. Er flippt schon aus, wenn ich auf einer Party allein mit einem Mann quatsche. Schaut dauernd rüber und durchlöchert mich mit seinen stahlblauen Augen. Am nächsten Morgen darf ich mir seine Predigt über Liebe anhören. Liebe bedeute auch Treue in Gedanken und so weiter, hält er mir vor. Er tut gerade so, als hätte er die Liebe erfunden. Ich meine ja auch, dass Treue dazugehört, und wünsche mir nichts lieber, als dass er mir treu ist. Aber wenn ich mal ein bisschen fantasier, dann krieg ich mittlerweile schon ein schlechtes Gewissen, dass mir die Lust vergeht."

„Solche Sorgen hatte ich mit Maddy nicht. Der war nicht eifersüchtig. Dafür verstand er nichts von den Fantasien der Frauen. Wenn es lange dauerte, dann nicht länger als eine Viertelstunde. Da hinkt jede Träumerei hinterher. Ich kann keinen guten Sex haben, wenn ich nicht auch andere Gefühle für einen Mann empfinde, und die brauchen eben ihre Zeit. Männer sind da anders. Wahrscheinlich masturbieren sie deswegen auch häufiger als wir."

Mara konnte sich diese Bemerkung nicht verkneifen. Früher hätten sie und Susanne kein Thema über Männer ausgelassen. Heute kam es ihr zwanghaft vor, über intime Dinge zu reden.

„Und du meinst, dass verheiratete Männer es auch ohne ihre Frauen machen", fragte Susanne mit einem Anflug von Verwunderung.

„Wenn Peter nur ein- oder zweimal in der Woche mit dir schläft, dann kannst du dir ja denken, was er sonst noch treibt und ohne Fantasie läuft auch bei den Männern nichts. Vielleicht schmierst du ihm das mal aufs Brot, wenn er dir mit seiner Eifersucht den Spaß verdirbt."

„Ich glaub das nicht. Auf Peter muss das ja nicht zutreffen."

Mara deutete Susannes Abwehr als Schwäche, wahrscheinlich glaubte sie an die romantische Liebe, in der es keine Enttäuschungen geben durfte.

„Weißt du, Susanne, was ich eigenartig finde? Alle sprechen von der Liebe, als wäre jeder ein Experte. Sie reden darüber wie über ein Auto oder eine Reise, aber keiner weiß, was die Liebe wirklich bedeutet. Noch bis vor einem Jahr hab ich zu Maddy gesagt, dass ich ihn liebe. Aber warum hilft die Liebe nicht, uns wieder zu vereinen? War es vielleicht keine Liebe, sondern nur der Blick durch die rosarote Brille? Was empfindest du für Peter? Liebst du ihn wirklich von ganzem Herzen?"

Susanne stand pure Abwehr ins Gesicht geschrieben. Sie rutschte in ihrem Sessel nach vorne und nahm Haltung an.

„Natürlich, lieb ich ihn! Seitdem ich seine Frau bin, fühl ich mich ganz anders. Ich glaube ihm auch ganz fest, dass er mich liebt. Oh mein Gott, was red ich, Peter liebt mich und ich ihn. Fertig!"

Mara fand Susannes Worte nicht besonders überzeugend. Es klang so klischeehaft, als dürfe man an der zuckersüßen Oberfläche nicht kratzen. Susanne wollte die Situation so nicht stehen lassen.

„Ich bin seine Frau. Ich mach mir nichts vor in Sachen Verliebtsein. Das dauert eine gewisse Zeit, aber dann kommt die Liebe. Wenn die stürmische Periode abgeklungen ist, dann tritt die Liebe an diesen Platz. Ich bin diejenige, die das Bett mit ihm teilt, die mit ihm seine Eltern besucht und ich bin die, mit der er nach Marokko fliegt."

„Und wenn er sich nun ändert, liebst du ihn dann immer noch?"

„Versteh ich nicht. Was meinst du?", fragte Susanne nervös, wollte nach einem Schokolädchen greifen, ließ es dann aber liegen.

„Wenn er Erfahrungen macht, die dir nicht gefallen. Was ist dann?"

Susanne verzog die Mundwinkel. Mara war kaum zu bremsen.

„Ich frag mich nur, ist Liebe einfach da, weil zwei Leute sich das sagen? Du und Peter, wenn ihr euch sagt, dass ihr euch liebt, dann glaubt ihr, ihr liebt euch. Aber wer sagt euch denn, dass das wirkliche Liebe ist? Ich weiß, das klingt gemein, aber ich hab mich vor der Trennung von Maddy dumm und dusselig nach Liebesbeweisen umgesehen, bis ich mich dann eines Tages fragte, was denn ein echter Liebesbeweis überhaupt ist. Da kam der Stein ins Rollen, denn ich fragte mich auch nach der falschen und der wahren Liebe."

Draußen fuhr ein Linienbus am Fenster vorbei. Susanne schaute ihm nach, als wollte sie lieber darin sitzen, als Maras Ansichten über Liebe weiter ertragen zu müssen.

„Über falsche und wahre Liebe habe ich noch nie nachgedacht. Du machst alles viel zu kompliziert. Warum stellst du so blöde Fragen und verdirbst dir alle Träume damit? Ich fühle für Peter mehr als für andere Männer. Das allein genügt. Ich schlafe mit ihm. Ich teile alles mit ihm. Sind das nicht genug Beweise? Und vor allem fühl ich mich wohl dabei. Und wenn er sich verändert, dann werd ich mich eben anpassen."

Susanne holte tief Luft, seufzte und griff nach ihrer Handtasche.

„Tut mir leid, Peter kommt um sechs." Sie schaute demonstrativ auf die Uhr. „Ich muss los. Der Zug fährt zu jeder vollen Stunde. War schön, mal wieder nach Haltern zu kommen. Seit deiner Hochzeit bin ich nicht mehr hier gewesen. Sag mal, fühlst du dich nicht einsam? Die meisten von damals sind weggezogen. Und dein Job beim Supermarkt an der Kasse, wie lange willst du das noch machen? Du bist doch Hotelfachfrau."

Mara schnürte sich der Hals zu. Wie unsensibel Susanne einfach das Gespräch beendete. Jetzt war es zu spät für eine echte Aussprache. Die beste alte Freundin wollte sich verabschieden, weil ihr Mann sie pünktlich zum täglichen Appell erwartete.

„Ist alles nur vorübergehend", entglitt es Mara mit Mühe. Die Enttäuschung über Susanne zehrte an ihren Nerven. „Ich bin ja schließlich erst sechs Wochen hier. Wer weiß, vielleicht flieg ich ja bald nach Aruba."

„Mach keinen Blödsinn! Klär das mit Maddy erst richtig. Sag mal, was hast du denn da am Hals? Da sind ja kleine Flecken mit roten Pünktchen. Das sieht nach einer allergischen Reaktion aus. Hoffentlich ist es keine Schokoladenallergie."

Mara drehte sich zur Fensterscheibe um, konnte aber in ihrem Spiegelbild die Flecken nicht deutlich erkennen. Seit Tagen ging es ihr nicht gut. Scheinbar kam der Trennungsstress erst später zum Ausbruch – auch in Form von roten Flecken, die sie seit ein paar Tagen sorgenvoll beobachtete. Es störte sie, dass andere die Flecken bemerkten.

„Mir bleibt in letzter Zeit nichts erspart."

„Hey, Kleines, eins nach dem anderen. Jetzt sieh nicht gleich so schwarz. Meine Mutter kriegt solche Flecken immer, wenn sie sich aufgeregt. Die gehen bestimmt bald wieder weg. Wie wär's, wenn du diesen Paul anrufst? Er hat dir doch so gut geholfen. Kopf hoch, Süße, das wird schon! Du kannst mich immer anrufen. Komm, lass dich drücken."

Susanne und Mara verließen ihren Tisch im Café. Mara hätte dem smarten Schokomann gerne noch zugewunken, aber der bediente gerade eine Kundin.

Sie sah beim Hinausgehen, dass er ihr ein Schokolädchen auf die warme Untertasse legte.

ALLEIN

Zuhause angekommen, ging Mara ins Badezimmer und betrachtete ihren Hals. Sie hatte immer eine makellose Haut gehabt und war sehr stolz darauf gewesen. Flecken konnte sie in dem grellen Licht nur schwer erkennen, aber die Pöckchen waren zu fühlen. Eigentlich wollte sie die Flecken ignorieren, aber da Susanne sie darauf angesprochen hatte, konnte sie nicht mehr so tun, als wären sie nicht da. Sie würde bis morgen warten, um sich bei Tageslicht alles anzusehen.

Wie aus heiterem Himmel kam ihr nun die Stille ihrer Wohnung wie ein Verlorensein vor. Hilflos glitt sie in die Knie und setzte sich auf die Matte vor dem Waschbecken. Es dauerte keine Minute, da flossen Tränen. Die vielen gefühlvollen Momente im Gespräch mit Susanne hatten ihr zugesetzt. Die Rückblicke lasteten schwer auf ihrer Seele, schwerer als sie gedacht hatte. Und dann - ja Freundschaft - die zerfloss auch wie eine Ehe. Schnee von gestern.

Dass sie mal so allein sein würde, hätte sie nicht für möglich gehalten. Mit Wehmut strichen Bilder von ihrem gemütlichen Häuschen in Irland mit der malerischen Aussicht auf die Slieve Aughty Mountains an ihrem inneren Auge vorbei. Mit wie viel Liebe hatte sie die Zimmer dekoriert. Mut zur Farbe, das war ihre große Stärke gewesen, honiggelbe, pinke und lindgrüne Wände, jedes Zimmer anders, das Schlafzimmer in karminrot. Maddy hatte sie von hinten umfasst und an sich gezogen und dann hatten sie sich auf der mit Farbe beschmierten Schutzfolie geliebt. Im Himmel hätte es nicht schöner sein können.

„Was", schrie sie innerlich, „will ich hier in diesem ekeligen Loch von Badezimmer?" Die blauen Fliesen aus den 60er Jahren und die Badewanne mit dunklen Schmutzrändern strotzten vor biederem Filz. Wären da nicht ihre Schminkutensilien gewesen, hätte sie die öde Trostlosigkeit ihrer Umgebung völlig aus der Fassung gebracht.

Wo waren all die Träume hin? Sie sah zum ersten Mal in ihrem Leben, wie schnell die unbarmherzige Wirklichkeit die eigenen Träume zu vergänglichen Illusionen zerschmelzen ließ. Nichts war in Stein gemeißelt, besonders keine Beziehung. Sie stützte ihren Kopf in beide Hände. Tränen tropften auf die Badematte, in der sie langsam versanken.

Sie sah sich im Bannkreis negativer Gedanken, die wie ein Karussell in ihrem Kopf rotierten. Sie war immer die Lebenshungrige gewesen, die kein Sitzfleisch kannte. Seitdem sie weg war vom elterlichen Zuhause, hatte sie sich in Gesellschaft befunden. Freunde hatte sie in Irland genug gehabt, aber die wollten von ihren Problemen mit Maddy nichts wissen. Aber das stimmte nicht ganz. Sie hätten ihre

Probleme nicht verstanden. Und nun hatte ihr Susanne mal eben gezeigt, dass auch eine gute alte Freundin nicht zuverlässig war. Sie raffte sich auf, ging in die Küche und schenkte sich ein Glas Rotwein ein. An den Kühlschrank gelehnt schaute sie hinaus auf die Straße. Einzelheiten aus dem Gespräch mit Susanne kreuzten ihre Gedanken.

„Vielleicht bin ich ja doch sauer auf dich", plapperte sie halblaut vor sich hin. „Zumindest bin ich verdammt enttäuscht. Alle verkriechen sich in ihre Mauselöcher. *Peter und ich, wir lieben uns*, zitierte sie Susanne und verdrehte dabei die Augen. *Peter und ich, wir fliegen nach Marokko. Peter und ich sind uns treu.*" Maras Kummer verwandelte sich in Zorn, aber wenig später tat es ihr schon wieder leid.

„Ich bin ungerecht. Sorry, Susanne. Ich bin nur so ganz allein mit meinen Problemen. Aber du hättest ruhig fragen können, wann wir uns das nächste Mal wiedersehen. Das war's dann wohl mit unserer Freundschaft."

Sie setzte sich auf den Kühlschrank, trank einen Schluck Wein als wäre es Wasser und dachte, dass sie jetzt mit Maddy vor der Glotze sitzen würde und sie ihm ihre Füße auf den Schoß legen würde, damit er sie krabbelte.

Ihre Stimmung schwankte wie die Golden Gate Bridge bei einem Orkan, nur dass sich ihr zierlicher Körper und ihr labiles Gemüt nicht beruhigen wollten, obwohl der Sturm eigentlich lange vorbei war. Ein Seufzer und noch ein Schluck Wein sollten sie erleichtern. Was hatte Susanne ihr vorgeworfen? Sie verderbe sich ihre Träume, weil sie alles hinterfrage. Wie unbewusst ging Susanne denn durchs Leben? Die lief doch wie ein blindes Huhn hinter ihren Einbildungen her.

Der kleine Kompressor des Kühlschranks sprang an. In Irland hatten sie sich einen riesengroßen Wandkühlschrank gekauft im nostalgischen Stil, so wie in den amerikanischen Spielfilmen der 70-er Jahren. Hatten Maddy und sie sich das Glück auch nur eingebildet? Sie hatten sich den Traum von einem schönen Haus realisiert, aber das Glück war nicht automatisch mit eingezogen.

Der schönste aller Träume war der von der Liebe. Aber sollte die Liebe für immer ein Traum bleiben? Über diese Frage wollte sie nicht einfach hinweggehen, als gäbe es keine Antwort. Vielleicht war das mit der Liebe ja anders. Vielleicht musste sie erst die Liebe kennenlernen. Nicht dem Traum hinterherlaufen, wie Susanne es tat, sondern ihn leben, indem sie die echte Liebe entdeckte.

Plötzlich legte sich ein zartes Lächeln auf ihr Gesicht. Sie würde Liebesforscherin werden. Hatte sie nicht mehr Erfahrungen als die meisten in ihrem Alter. Über die wahre, echte Liebe dachte kaum jemand nach. Dafür schauten die Menschen Tausende von

Liebesfilmen und glaubten, Liebe sei so wie auf der Leinwand. Sie hatte auch an die Leinwandliebe geglaubt, aber wenn sie es sich nun genau überlegte, ging es da immer um das Verlieben und nicht um Liebe. Die Menschen wünschten sich eigentlich, dass das Verlieben mit all seinen schönen Gefühlen fortdauerte.

Sie atmete tief durch. Konnte es eventuell sein, dass sich nach dem Verlieben eben nicht automatisch Liebe einstellt? Sie musste etwas schmunzeln. Das war eine kühne Frage. Immer wenn sie Maddy gesagt hatte, dass sie ihn liebte, war da auch ein zartes Gefühl wie beim Verliebtsein präsent, auch nach drei Jahren noch.

Mara sonnte sich in ihrem Enthusiasmus. Ein kräftiger Schluck Wein war fällig. Liebesforscherin, das gefiel ihr, aber wie sollte sie über die Liebe forschen, wenn sie niemanden hatte, den sie liebte? Und wer würde ihren Vorstellungen von der Liebe glauben, wo sie doch keine Beweise hatte und wer würde überhaupt einer jungen Frau glauben, deren Ehe gescheitert war? Sie leerte ihr Glas und goss gleich den Rest der Flasche nach. Der Alkohol zeigte seine Wirkung. Sie hatte es geschafft, sich von den beklemmenden Gefühlen nach dem Gespräch mit Susanne freizutrinken. Nun ließ sie sich treiben von bösen und guten Gedanken und von Maddy, der nur zwei Flugstunden entfernt auf sie wartete.

„Ich will lieben, weil ich es verdammt noch mal in mir drin habe", sagte sie zu sich und klopfte sich dann auf die Brust. „Die Liebe ist dort drinnen, irgendwo, und sie will raus." Doch dann kam wieder diese bohrende Frage, warum die Liebe ihr nicht bei den Problemen mit Maddy geholfen hatte. Sie versuchte mit dem letzten Schluck Wein, ihre aufkommende Traurigkeit zu ertränken.

Erschöpft sah sie mit leerem Blick aus dem Fenster. Ernste Zeichen der Einsamkeit hatten sich in ihr Leben geschlichen. Ihr war aufgefallen, dass sie neuerdings mit sich selber sprach.

„Ich werde Paul einen Brief schreiben. Er wird mir den Weg weisen. Warum eigentlich nicht? Ich werd mir jetzt einen Tee machen und dann geht's los. Ich werde sonst verrückt."

Lieber Paul,
Bis heute weiß ich nicht, was mit mir passiert ist, als ich Sie vor ungefähr sechs Wochen in Ihrem Haus an der Küste besucht habe. Einen Tag später verließ ich meinen Mann und befinde mich nun in einer neuen Situation, die es so noch nie gab. Ich bin ganz allein. Meine Eltern wohnen zwar auch in dieser Stadt, aber sie können mein Alleinsein nicht ändern. Ich denke jeden Tag darüber nach, ob ich meinen Mann Maddy geliebt habe oder ihn noch liebe. Immer wieder kommen mir Zweifel, was die Menschen un-

ter Liebe verstehen. Eigentlich weiß ich überhaupt nicht mehr, was ich glauben soll. Paul, bitte helfen Sie mir!

Was steckt hinter den Worten ‚Ich liebe dich'? Alles, was ich weiß, ist, dass ich eines Tages angefangen habe, dieser Liebeserklärung nicht mehr zu trauen. Die ganze Welt gebraucht diese Worte. Können sie eventuell trotzdem falsch sein? Das ist bestimmt eine dumme Frage, trotzdem stelle ich sie. Ich würde mich freuen, eine Antwort von Ihnen zu bekommen.
Mit freundlichem Gruß,
Mara

Das Briefeschreiben wirkte wie eine Erlösung. Leise sprach sie vor sich hin:

„Der arme Paul. Was der wohl denken mag? Soll einer Frau sagen, wie sie die Liebe finden kann. Warum sollte er das überhaupt wissen und warum sollte ich ihm glauben? Wahrscheinlich verstecken sich alle Antworten da, wo man selten hinschaut – unter der eigenen Haut, im Herzen, im Magen, im Kopf, im Blut, vielleicht auch in der Seele."

Sie schaute auf die leere Weinflasche und wünschte sich weit weg. Morgen gleich die Frühschicht, dachte sie noch und schlief auf dem kleinen Sofa in der Küche ein.

IRISCHER MORGEN

Am nächsten Morgen wachte Mara mit einem Schreck auf, denn sie wusste im ersten Moment nicht, wo sie war. Ihr Hals schmerzte und ihr Kopf fühlte sich an wie ein Wattebausch, gefüllt mit vielen Fragezeichen. Das Gespenst mit dem Namen Alleinsein schaute sie als Erstes von den kahlen Wänden und den altmodischen Möbeln an, die so gar nicht zu ihr passten. Bisher hatte sie keine Lust gehabt, ihre Wohnung zu dekorieren. Sie hatte sich von Anfang an auf der Durchreise gesehen. Alle anderen Vorstellungen hätten sie total deprimiert. Zu wissen, wieder in ihrer Heimatstadt gelandet zu sein, quasi nur einen geplatzten Beziehungsschlenker gemacht zu haben, kratzte an ihrem Selbstwertgefühl.

Dass neben ihr eine leere Weinflasche stand, türmte einen weiteren Vorwurf auf ihre angeschlagene Gefühlslage. Wie sehr hatte sie es gehasst, wenn Maddy Probleme mit einem heiteren Abend im Pub auf den nächsten Tag verschob. Dabei blieb es dann meistens. Nach einer gewissen Zeit hatte sie es aufgegeben, ihn zur Verantwortung zu ziehen und heute warf sie sich selbst diese Nachlässigkeit vor. „Dusche und Frühstücken!", ermahnte sie sich und machte sich mit diesem Befehl Mut für den Tag.

So allein am Tisch dachte sie an die irischen Morgende, an denen sich zu der absoluten Ruhe mal rieselnde, mal prasselnde Regentropfen gesellten. Dazu kam der Blick ins Tal. Zwischen den goldgelben Ginsterbüschen schlängelte sich der Duffy River hindurch, bis seine welligen Fluten über eine Felskante hinunterfielen in den Lough Cutra, wo sie und Maddy an warmen Sommernächten nackt durch das aufbrausende Getöse des herunterplätschernden Wassers geschwommen waren. Jeden Morgen überraschten sie dieselben schönen Gefühle, wenn sie ihren Tee trank und sich von der zauberhaften Landschaft davontragen ließ.

Jetzt zwang sie sich, nicht nach draußen zu schauen, denn der Blick auf die Straße vor ihrem Haus barg keine Wunder. Wie anders war es vor Wochen gewesen? Die Zauberei der atlantischen Wolken, wenn sie die Klippen von Liscannor herunterrollten und die Sonne zwischen ihnen, wie ein glühendes Schwert übers Land zog, war wie ein Wunder, jeden Tag aufs neue. Irland hätte ihre Wohlfühlheimat werden können. Sie musste aufpassen, dass ihre Träume nicht ganz dem grauen Asphalt vor ihrer Tür zum Opfer fielen.

Enttäuscht und ratlos stand sie abrupt auf, wusste dann aber nicht, was sie eigentlich beabsichtigte. Sie musste sich bewegen, um sich den Anschein zu geben, sie könne sich vom Fleck weg in ein neues Leben katapultieren, raus aus dem lähmenden Sumpf der Vergangenheit. Es musste was passieren.

Für irische Verhältnisse war sie viel zu früh aufgestanden und was die Arbeit betraf, hatte sie als Kassiererin in einem Supermarkt nicht das große Los gezogen.

Nun sah sie doch aus dem Fenster, während sie ihren Tee trank. Hätte ja sein können, dass alles nur Einbildung war und der River Duffy würde ihr mit seinen glitzernden Wellen und sprudelnden Wirbeln einen Morgengruß zujubeln. Ihr Versuch, der Wirklichkeit eine kleine Täuschung abzuschwatzen, wurde bestraft. Draußen war es noch dunkel und keine Illusion der Welt hätte die Notwendigkeit wegdrängen können, endlich das trockene Toastbrot mit Käse zu essen, denn es wurde Zeit zu gehen.

JOBBEN

Mara arbeitete seit einiger Zeit in einem Supermarkt auf Probe. Sie hatte sich mit allen Kollegen angefreundet, nur nicht mit Konrad Gerdes, dem Substitut.

Die Damen von der Fleischtheke waren eine besondere Gesellschaft. Sie gehörten zum Stammpersonal und um sich von den jungen Gören zu unterscheiden, wurden diese Damen mit Sie angesprochen. Die Kassiererinnen waren ebenfalls eine Spezialeinheit und durften die Damen von der Fleischtheke mit Du anreden, sofern sie schon einige Dienstjahre hinter sich hatten. Mara hatte das anfangs verwirrt. Doch als sie Frau Ellermann von der Fleischabteilung mit Irmgard angesprochen hatte, da wurde es kurz zappenduster. Frau Ellermann stemmte ihre kräftigen Arme in die nicht weniger kräftigen Hüften und schaute der Neuen streng ins Gesicht. „Junge Frau, Sie wollen doch das gute Betriebsklima nicht verderben. Wissen Sie überhaupt, dass mit der Fleischtheke der ganze Betrieb steht oder fällt? Glauben Sie, da vorne an der Kasse wird das Geld gemacht? Das mag für Sie so aussehen. Wir sind hier schon etwas länger bei der Stange und ich glaube wir verdienen ein wenig mehr Respekt, verstehen Sie das?" Mara hatte verstanden.

Frauen wie Irmgard Ellermann waren die Seele des Betriebs. Das hatte Mara sogar sehr gut verstanden. Irmgard hatte sie später an diesem Arbeitstag angelächelt, als sie sich nach Feierabend verabschiedeten und Mara wusste, was dieses Lächeln zu bedeuten hatte.

Im kalten Licht der Neonröhren, die den Sozialraum für das Personal beleuchteten, schaute sie sich ihren Hals an. Auf ihrer weißen Haut grenzten sich die rötlichen Flecken deutlich ab.

„Conny, guck dir mal meine Haut an", bat sie eine Kollegin. Mara hatte ihren Rollkragenpullover ausgezogen und stand, nur mit ihrem BH bekleidet, vor dem Spiegel in der Toilette des Personalraums.

„Seit wann hast du das?"

„Seitdem ich Schokolade im Stadtcafé gegessen habe. Nein, Scherz, schon einige Tage vorher."

„Das ist eine Allergie. Du musst zum Arzt und dich austesten lassen. Kannst froh sein, dass die Flecken nicht in deinem Gesicht gelandet sind. Dann würden die Leute denken, du hättest Ausschlag und sie könnten sich bei dir anstecken. Grund genug für einen Krankenschein."

Conny hielt Mara den Pullover hin und sagte ungeduldig: „Komm, es ist sieben!"

Mara zog ihren weißen Kittel über und zupfte kurz ihre Haare zurecht. Das Kaufhaus wurde um sieben für die Kunden geöffnet.

„Bis die erste Kundin an der Kasse ist, muss sie doch erst mal aussuchen", sagte Mara selbstsicher.

Conny sah das anders.

„Der Gerdes steht um sieben an der Kasse. Es ist egal, ob da Kunden sind. Der ist ganz spitz darauf, eine von uns anzupfeifen, besonders wenn der Chef nicht da ist."

„Ist der Gerdes eigentlich verheiratet?"

„Mit einer aus Thailand oder so. Die reicht ihm gerade mal an die Schulter."

„Hätte wohl sonst keine mitgekriegt, der alte Nörgler. Wie kann man nur so unsympathisch sein?"

„Du legst es wirklich drauf an. Komm endlich!" Conny wurde wütend. Sie verließen den Sozialraum und gingen zusammen an die Kassen. Dort wartete Gerdes, den sie freundlich begrüßten. Statt zurück zu grüßen kam der Anpfiff, wie Conny vorausgesagt hatte.

„Es ist vier Minuten nach. Die Kassen sind pünktlich um sieben zu besetzen. Frau *Mäckdowell*, Sie befinden sich in der Probezeit. Legen Sie bitte Wert auf pünktliches Erscheinen an der Kasse."

„Okay, Herr Gerdes", Mara konnte sich das Lachen kaum verkneifen. Auch Conny musste grinsen, als Gerdes hinter dem neuen Kaffeeregal verschwunden war.

„Hast du gehört, wie er meinen Namen ausgesprochen hat? *Mäckdowell*. Es heißt *Mäckdaul*. Soll ich mich überhaupt angesprochen fühlen?", meinte Mara kichernd.

Es war noch niemand im Verkaufsraum. Nur vorne in der Backecke herrschte der übliche Andrang. Es roch nach frisch gebackenen Brötchen. Diesen unverwechselbaren Duft hatte sie in Irland oft vermisst. Es hatte was Familiäres, wenn die ersten Handwerker kamen, um sich von den Damen mit den weißen Spitzenhäubchen belegte Brötchen schmieren zu lassen und bei der Gelegenheit auch gerne mal einen Flirt vom Zaun brachen.

Bei den Kunden hatte es sich schnell herumgesprochen, dass die neue Kassiererin ein nettes Wesen hatte und es sich lohnte, bei ihr etwas länger anzustehen. Oft war Mara die Einzige, mit der die alten Leute ein paar nette Worte wechseln konnten. Herr Olschewski gehörte zu ihren Stammkunden.

„Guten Morgen, Herr Olschewski. Sie sind aber früh dran heute."

„Ach wissen Sie, meine Frau liegt seit gestern im Krankenhaus. Da muss ich früher raus. Hängt ja nun alles an mir. Der Hund will raus und das Frühstück muss ich selber machen. Die Ärzte wissen noch nicht genau, was sie hat. Sie liegt im dritten Stock, Zimmer 307. Das Dumme ist, dass ich nicht mit dem Fahrstuhl fahr. Wenn ich die Treppen hochgestiegen bin, bin ich außer Atem. Es bleibt einem nichts erspart."

„Zehn Euro und 45 Cent, Herr Olschewski. Hoffentlich ist es nichts Ernstes mit Ihrer Frau."

„Sie hatte schon immer Probleme mit den Nieren und mit dem Wasser lassen. Verstehen Sie? Inkontinenz. Zum Glück kann ich in der Krankenhauskantine essen. Ich kann doch nicht kochen."

„Schmeckt das Essen denn?"

„Heute gibt es Kohlrouladen. Das hat's früher Zuhause nur sonntags gegeben. Vielen Dank, junges Fräulein. Wiedersehen."

„Schönen Tag noch, Herr Olschewski." Die nächste Kundin wartete schon auf ihr Gespräch.

„Guten Morgen Frau Meyer."

„Haben Sie schon gehört, junges Fräulein? In Berlin ist wieder ein Taxifahrer umgebracht worden. Ich hab jetzt sogar Angst um den Heinz, wenn der abends den Müll runter bringt. Der Vermieter kümmert sich um nichts. Bei den Mülltonnen müsste unbedingt eine zusätzliche Beleuchtung angebracht werden. Oder meinen Sie, das ist Sache der Stadt?"

„Da kenn ich mich leider nicht aus, Frau Meyer."

„Und ihr jungen Dinger, habt ihr denn keine Angst? Bald ist Zeitumstellung. Dann ist dunkel, wenn ihr Feierabend habt. Denkt doch mal, was da alles passieren kann. Seit zwei Tagen lungert ein Fremder mit einem Fahrrad am Bahnhof herum. Heinz und ich gehen mit Waldi an der Stever spazieren. Wenn wir mit dem Auto heimfahren, fährt der Heinz am Bahnhof vorbei und wir gucken, ob der Landstreicher noch da ist. Dass das Ordnungsamt nicht eingreift, ist mir schleierhaft. Die müssten doch was tun."

Mara blieb ruhig. Ihre irischen Jahre hatten ihr gezeigt, was Brutalität und Kriminalität tatsächlich bedeuteten. Da gab es Schlägereien mittags auf offener Straße, einem Freund Maddys wurde morgens auf dem Weg zur Arbeit die Kehle durchgeschnitten. Wilde Verfolgungsjagden der Polizei und Schusswechsel zwischen verfeindeten Banden in der Nähe ihres Einkaufszentrums gehörten mit zu der irischen Realität, die der Urlaubsprospekt verschwieg. Nachts trafen sich die Männer von verfeindeten Travellerfamilien und boxten sich blutig, bis einer aufgab. Kinder wurden entführt. Die Selbstmordrate war erschreckend hoch, besonders unter jungen Leuten. Mara versuchte ihre Kundin zu beruhigen.

„Machen Sie sich keine Sorgen, Frau Meyer, Ihnen wird schon nichts passieren. Die Polizei ist ja auch noch da. So das macht dann vierunddreißig Euro und zweiundneunzig Cent."

Frau Meyer packte alles vom Band direkt in ihre Einkaufstasche. Da sie die Sachen auch sortierte, dauerte es etwas länger.

„Schönen Tag noch", sagte Mara und holte erst mal tief Luft. Sie dachte kurz darüber nach, ob die Damen von der Fleischtheke auch so viel Seelenarbeit leisten würden.

FISCHMUND

Mara und Conny trafen sich zur Pause.

„Meinst du, ich darf einen Schokokeks?"

„Finger weg!", schimpfte Conny und räumte die Schachtel in ihren Spind.

„Sag mal, hast du schon mal was von Aruba gehört?", fragte sie Conny unvermittelt.

„Hört sich an wie ein Tanz oder ein Cocktail."

„Schon gut, voll daneben. Ist 'ne Insel in der Karibik."

„Wie kommst du darauf?"

„Nur so. Ich kenn einen, der kommt von da."

„Erzähl!"

„Kennst du den Farbigen, der im Stadtcafé arbeitet?"

„Hab ihn flüchtig gesehen. Ist 'ne ziemliche Kante. Der ist doch mindestens vierzig."

„Glaubst du, er ist vierzig? Er kommt mir jünger vor."

„War nur mein erster Eindruck", lächelte Conny, „komm wir müssen, sonst kriegt Gerdes einen Anfall und wir einen Anschiss."

„Der Gerdes hat einen Fischmund."

„Nu komm schon!", mahnte Conny.

Mara und Conny nahmen ihre Plätze an den Kassen ein. Kaum hatte sie sich hingesetzt, stand Gerdes neben ihr. Eine vollschlanke ältere Kollegin stand bereit, Maras Kasse zu übernehmen.

„Frau McDowell, Sie müssen heute einräumen helfen. In der Kühlung muss Platz für eine frische Lieferung geschaffen werden. Unser Kühlhaus ist voll, wir müssen umräumen, verstehen Sie. Also machen Sie sich fertig."

Mara fluchte innerlich und glaubte fest, dass Gerdes ihr damit eins auswischen wollte. Sie machte sich an die ungeliebte Arbeit. Sie hasste die kalten Behälter mit Krautsalat und eingelegten Heringen. Nach einiger Zeit hatte sie vom Einräumen kalte Hände bekommen. Sie ging in den Sozialraum, um sich warmes Wasser über die Hände laufen zu lassen. Plötzlich stieß Gerdes die Tür auf.

„Was machen Sie denn hier? Sollten Sie nicht einräumen? Ich habe Sie bei den Kühltruhen gesucht. Sie können nicht einfach Ihren Arbeitsplatz verlassen. Ich muss mit Ihnen reden. Eine Kundin hat sich über Sie beschwert. Sie hat mitbekommen, dass Sie einen älteren Herrn mit Opa Hermes angeredet haben. Das ist ja wohl die Höhe. Was haben Sie dazu zu sagen?"

„Er hat sich mir mit Opa Hermes vorgestellt und eine andere Kassiererin sagt auch Opa Hermes. Das ist nicht abwertend gemeint, glauben Sie mir. Ich habe den älteren Herrn nicht beleidigt."

„Das ist mir egal. So was gerät ganz schnell in die Öffentlichkeit. Das diskreditiert den Betrieb. Wo kommen wir denn hin, wenn junge Kassiererinnen ältere Kunden mit Oma und Opa anreden, wie es ihnen gefällt? Halten Sie sich zu meiner Verfügung. Das wird ein Nachspiel haben. Für heute keinen Kassendienst mehr. Ich werde umgehend mit dem Chef sprechen. Und nun zurück an die Arbeit."

Mara stand wie angewurzelt da, die Beine schwer wie Blei. Sie spürte, wie Fassungslosigkeit und Ohnmacht sich über sie hermachten, ihren Körper ergriffen und ihn in eine unerträgliche Taubheit versetzten. Alles in ihrem Innern wollte gegen diese Ungerechtigkeit rebellieren. Benommen packte sie den Einkaufswagen voll mit eingeschweißten Boxen mit Heringsstipp in Sahnesoße und Lachsröllchen in Aspik und räumte die Ware in die Kühltheken, ohne dabei eine klaren Gedanken fassen zu können. Erst als eine Kundin sie freundlich grüßte und ihr einen schönen Tag wünschte, taute sie langsam wieder auf.

Das durfte keiner mit ihr machen. Sie musste unbedingt mit jemandem sprechen. Ein Blick zu den Kassen sagte ihr, dass Conny beschäftigt war. Dann fiel ihr Frau Ellermann ein. Aber wozu brauchte sie Hilfe, wenn sie doch auch kündigen könnte. Mittlerweile glühten ihre Finger und ihr Gesicht hatte sich rötlich gefärbt. Mechanisch räumte sie die Plastikschalen mit Budapester Salat in die Regale und wunderte sich über die Hitze, die sich in ihrem Innern entwickelt hatte.

Plötzlich fiel ihr ein, dass da noch ein anderes Leben wartete, eins, das wie ein großer stiller See war und nicht wie ein tanzender Wassertropfen auf einer heißen Herdplatte. Sie dachte an Max, den Farbigen, an Aruba und an eine große Portion Vanilla Fla für abends auf dem Sofa.

Das Gerdes Problem schmolz wie Eis in der Sonne. Sie erinnerte sich an den Brief, den sie in der Nacht an Paul geschrieben hatte und freute sich nun riesig darauf, ihn zur Post zu bringen. Sie wusste, dass sie diesem Gerdes weit überlegen war und dass er nicht mal andeutungsweise verstehen würde, wie viel Herz, Leidenschaft und Liebe sie in ihre Arbeit an der Kasse steckte.

Conny hatte natürlich längst mitbekommen, dass etwas in der Luft lag. Jeder in der Belegschaft wusste etwas, aber keiner etwas Genaues. In der Mittagspause ließ Conny sich alles haarklein von Mara erzählen. Beide bestätigten sich gegenseitig, wie ungerecht die Sache war. Mara hatte während des Gesprächs mit Conny den Brief an Paul in ihrer Hand gehalten. Sie hoffte inständig, er würde ihr bald antworten.

Sie schwang sich auf ihr Fahrrad, fuhr zur Post und warf den Brief mit einem Kuss in den gelben Briefkasten. Auf dem Rückweg radelte sie am Stadtcafé vorbei. Sie hätte sich gefreut, wenn Max ihr zugewunken hätte. Er hatte etwas in ihr angestoßen, das ihr jetzt besonders reizvoll vorkam. Ihre Sehnsucht nach Erlösung von ihrer Einsamkeit und den düsteren Aussichten in der Heimat hatte in ihm einen Blitzableiter gefunden. Max verstand sie aufzuheitern und diese Leichtigkeit machte ihr neuen Mut. Einfach abhauen, oder so, hatte er gesagt. Ob er es ernst meinte? Seine Worte klangen so verlockend, so nah, als säße sie bereits neben ihm im Flieger.

Conny sah Mara mit ernstem Gesicht an, als sie zurückkam.

„Der Gerdes hat dich gesucht. Er ist total sauer, dass du nicht da warst. Geh besser sofort zu ihm ins Büro."

Gerdes wartete mit angespannter Miene.

„Da sind Sie ja, Frau McDowell. Hatte ich Ihnen nicht klipp und klar gesagt, dass Sie sich zu meiner Verfügung halten sollten."

„Ich dachte, in meiner Mittagspause könnte ich tun, was mir gefällt."

„Nicht wenn es um höhere Dinge geht, wie zum Beispiel die Interessen des Unternehmens. Da stimmen Sie mir doch zu. Und außerdem muss es reichen, wenn ich, als Ihr Vorgesetzter, es Ihnen sage. Für heute werde ich Sie von Ihrem Job suspendieren. Kommen Sie morgen früh um neun hier ins Büro. Da wird der Chef mit Ihnen reden."

Mara drehte sich um und ging. Frau Ellermann saß im Personalraum und aß einen Apfel.

„Hören Sie, Mara", begann Frau Ellermann, die offensichtlich gut informiert war. „Es ist sehr mutig von Ihnen, dass Sie sich wehren, aber das könnte Ihrer Karriere schaden. Herr Gerdes und der Chef verstehen sich gut. Sie sind bestens beraten, wenn Sie sich angemessen verhalten. Sie sind hier das kleinste Rad am Wagen."

Mara wollte protestieren.

„Ruhig Blut. Sie können sich notfalls an den Betriebsrat wenden."

„Nein, danke. Ich kann allein für mich sprechen."

„Nah dann, viel Glück", sagte Frau Ellermann und biss in ihren Apfel.

Das war nicht gerade aufbauend. Aber was hatte sie denn wirklich zu verlieren? Ihre Erfahrungen hatten sie gelehrt, Ungerechtigkeiten sofort zu begegnen, sonst würden diese noch lange später ihre Gedanken vergiften und für Unruhe sorgen.

STADTCAFÉ

Gedankenverloren schob sie ihr Fahrrad durch die Stadt. In einem Bekleidungsgeschäft war die neue Herbstkollektion ausgestellt. Viele bunte Blätter und rote Herzen hingen von der Decke herunter und drehten sich um die leblosen Gesichter der Mannequins. Ein Blick durch die Fenster des Stadtcafés sagte ihr, dass Max nicht zu sehen war. Sie ging dennoch hinein, bestellte sich einen Smoothie und setzte sich auf das gemütliche Ledersofa. Susanne hatte sie gewarnt und ihr ans Herz gelegt, erst ihr Verhältnis mit Maddy zu klären. Mara überlegte einen Moment und belächelte dann ihre ach so weise Ratgeberin. Wie leicht solche Ratschläge einfach dahingesagt wurden.

Sie schaute sich um. Außer einer älteren Dame war niemand anwesend, sodass sie sich entspannt zurücklehnte. Ihr Rucksack stand auf dem Sessel neben ihr. Der weiße Kittel ragte heraus. Sie dachte an ihre Mutter. Warum war sie nicht zu ihren Eltern gegangen? Ihr Vater hätte die Stirn gerunzelt, wenn sie ihre Geschichte erzählt hätte und sich dann hinter seiner Zeitung verkrochen. Vielleicht wäre ihm auch etwas Tröstendes eingefallen, wie zum Beispiel, dass die Konjunktur günstig stand und sie bald wieder einen Job haben würde. Ihre Mutter hätte sofort ihre gerötete Gesichtshaut bemerkt und sich Sorgen gemacht, dass sie Fieber haben könnte. Mara wollte nichts mit Papas oder Mamas Sorgen zu tun haben. Sie brauchte echten Trost, einen echten Freund, echte Worte, die sagten, dass sie jemand ... ja was, dass sie jemand liebte.

Das Stadtcafé hatte sie magnetisch angezogen. Hier hatte sie ein bisschen Liebe gespürt, Liebe nach der sie sich sehnte: unkompliziert, zärtlich und spannend. Max war einfach nett gewesen, hatte ihre Gefühle besser verstanden als Susanne. Sie hatte nicht wirklich geflirtet, nur ein bisschen kokettiert. Aber es ging von ganz alleine, ohne Absicht, ohne Plan, so wie sie Irland verlassen hatte, einfach ihrem Herzen folgend.

Um sich abzulenken, betrachtete sie die Dekorationen, verlor sich in Gedanken, bis die Idee von der Liebesforscherin wieder auftauchte. Es drängten sich Bilder aus ihren Flitterwochen auf. Ein alter Ford Escort hatte sie nach Rom gebracht. Sie hatten in einer kleinen Trattoria die schmackhafteste Pizza aller Zeiten gegessen und waren dann Hand in Hand durch die engen Gässchen gewandert, bis sie an einen alten Friedhof gelangten. Von dort konnten sie über die erleuchtete Altstadt blicken. Beide waren sie tief ergriffen, dass sie nur still da sitzen wollten, ihre Arme ineinander verschränkt.

Wie lebhaft noch alles in ihr steckte, als könnte sie jetzt hier auf dem Sofa die schwüle römische Altstadtluft riechen und nachfühlen, wie sie und Maddy in den Minuten der Stille eins geworden waren, als gäbe es keinerlei Trennung zwischen ihnen. Das musste Liebe sein.

Mit zwei Fingern befühlte sie ihren Hals nach ihren Pöckchen. Die Zone hatte sich nicht vergrößert. Besser eine Allergie als eine Depression, dachte sie und wunderte sich, wie sie auf diesen Vergleich kam. In ihrer Familie hatte niemand Depressionen. In Irland war ihr die große Zahl von depressiven Menschen aufgefallen. Dort war es eine Volksseuche. Maddys Onkel Steven hatte, seit er sich erinnern konnte, Depressionen. Er bekam schon jahrelang die Höchstdosis Antidepressiva, aber das half ihm nicht. Also beschloss sein Psychiater, dass man nichts mehr machen konnte. Onkel Steven saß stundenlang auf seinem Bambusrohrsessel im Wintergarten und starrte in die Gegend. Er sah vermutlich das wunderschöne Tal mit seinen von Natursteinmauern eingefassten Feldern. Er sah auch die kleinen Hügel darin mit riesigen Büschen aus Fuchsien und Stechginster, die zweimal im Jahr blühten und das ganze Panorama rotgelb anmalten. Er sah die Farben und den Wind, der die Wipfel der Bäume umbog. Aber er fühlte es nicht. Ein Glück, dass sie solche Symptome bei sich noch nicht beobachten konnte.

Eine ältere Dame, am Tisch gegenüber, hatte sie beobachtet. Als Mara bemerkte, dass jemand sie die ganze Zeit angesehen hatte, errötete sie. Die Dame musste gesehen haben, wie sie in Gedanken versunken, den Kopf geschüttelt hatte.

„Möchten Sie sich nicht an meinen Tisch setzen?", fragte die Dame.

Mara zögerte, nahm dann aber das Angebot an und stellte sich vor. Die Dame stieß ein Gespräch an.

„Sie waren sehr tief mit Ihren Gedanken beschäftigt, junge Frau."

„Ich glaube, Sie haben mich durchschaut", lächelte Mara.

„Das war nicht schwierig. Wie heißen Sie?"

„Mara"

„Schöner Name. Wissen Sie, dass Sie Gedanken auch anders ausdrücken können, Mara?"

Sie wusste nicht gleich, was gemeint war und zögerte. „Ich könnte sie aufschreiben."

Die Dame beugte sich über ihre Handtasche, holte einen Block Papier heraus und riss ein Blatt für Mara und eins für sich davon ab.

„Hier nehmen Sie und malen Sie das Gefühl darauf, wenn sie an Schokolade denken."

Mara schaute ungläubig, aber kritzelte eifrig drauflos. Auch die alte Dame machte sich ans Werk. Nach einer Weile verglichen sie ihre Bilder.

„Nun sehen Sie sich das an, Mara! Jetzt haben wir beide mit unserer Fantasie und unseren Fingern ein Schokoladengefühl gemalt. Wenn wir uns in einem Jahr wieder träfen, dann würden wir vermutlich etwas ganz anderes malen. Schokolade wird immer Schokolade bleiben, aber wir verändern sie ständig mit unseren Vorstellungen und Gefühlen. Egal was Sie eben gedacht haben, als Sie Ihren Kopf schüttelten, es kann in keinem Fall die Wahrheit gewesen sein."

Mara war verblüfft. „Das klingt tröstlich." Die alte Dame machte sie neugierig. „Was wir da gerade mit der Schokolade gemacht haben, könnten wir das auch mit der Liebe machen?"

„Sie sind eine kluge junge Frau. Was glauben Sie, würde dabei herauskommen?", fragte die alte Dame.

„Wir brauchten vielleicht ein größeres Blatt, Farben und verschiedene Pinsel", schlug Mara vor.

„Das hört sich gut an. Wir würden uns noch ein paar Männer dazu holen, damit die Liebe so richtig knistert und bis in unsere Fingerspitzen pulsiert."

Mara staunte erneut. Die alte Dame wurde immer vergnügter, nahm ein neues Blatt und fuhr mit einem Bleistift einmal darüber.

„Hier Mara, nehmen Sie und sagen Sie mir, was ich über die Liebe denke."

„Sie meinen, ich soll den Strich, den Sie gemacht haben, interpretieren? Nein, das kann ich nicht."

„Ein Versuch wär es doch wert", drängte die Dame. „Was fällt Ihnen spontan ein?"

„Dass Sie nicht viel zur Liebe zu sagen haben. Andererseits könnte ein einzelner Strich bedeuten, dass bei Ihnen alles glatt gegangen ist. Vielleicht hat es nur einen Mann in Ihrem Leben gegeben und der war der einzig Wahre, der Richtige. Hören Sie, ich denke, ich misch mich da zu sehr in Ihr Privatleben. Mir ist das peinlich."

„Sie machen das fantastisch. Was könnte ein Strich noch symbolisieren?"

„Sie haben eine klare Vorstellung von der Liebe. Der Strich geht ganz übers Blatt. Das könnte bedeuten, dass für Sie die Liebe endlos ist, kein Anfang und kein Ende hat."

Die alte Dame lächelte zufrieden.

„Jede Form der Darstellung von Liebe muss scheitern, junge Frau. Sie ist eine seelische Kraft, die sich in ihrer Einzigartigkeit und unendlichen Schönheit jeglicher realen oder formalen Darstellung entzieht. Wir müssen lernen, sie nicht dort draußen zu suchen, sondern bei uns selber. Der Weg der Liebe beginnt mit dem ersten Schritt auf dich selbst zu."

„Und wenn man schon mal enttäuscht wurde?", fragte Mara mit Zweifel im Gesicht.

„Dann besteht die Gefahr, dass Sie diesen heiligen Weg nach innen mit Vorwürfen und negativen Gefühlen überfrachten, Ihre Schritte blockieren und sich und andere unglücklich machen."

„Aber ich habe Angst, dass ich nichts aus der Vergangenheit gelernt habe."

„Das brauchen Sie nicht. Vertrauen Sie sich selbst und Sie werden es im Leben weit bringen. Die Vergangenheit hält uns zurück und die Zukunft macht uns schwindelig. Trauen Sie sich in jedem Moment zu, das für Sie Richtige zu tun. Und nun junge Frau muss ich gehen. Es hat mich sehr gefreut. Leben Sie wohl."

„Auf Wiedersehen und Danke für die guten Ratschläge."

„Welche Ratschläge? Das wissen Sie doch alles selber. Sie haben nur noch nicht richtig hingeschaut."

Mara begab sich zurück an ihren Platz. Die weisen Vorstellungen der alten Dame hatte etwas in ihr angestoßen. Als Liebesforscherin würde sie bei anderen Menschen nach Liebe forschen. Den Worten der alten Dame zufolge war das der falsche Weg. Sie musste bei sich selber suchen, dort versteckte sich die Liebe.

Noch ergriffen von den Eindrücken packte sie ihre Sachen und verließ das Café. Sie wollte sich gerade auf ihr Fahrrad schwingen, da tippte jemand auf ihre Schulter. Erschrocken drehte sie sich um und sah in das strahlende Gesicht ihres schwarzen Kaffeemannes.

„Hören Sie Mara, ich hab's eilig. Ich hab Schicht bis um acht. Wenn Sie möchten, können wir danach ein Bier zusammen trinken. Was halten Sie davon?"

Max machte einen Schritt auf den Eingang des Cafés zu.

„Ja, warum nicht!"

MAMA

Als Mara ihre Wohnung betrat, klingelte das Telefon. Es war ihre Mutter.

„Kind, willst du nicht zum Abendessen kommen? Papa muss zur Betriebsversammlung. Wir machen es uns gemütlich. Und bring deine Wäsche mit. Du kannst sie dann gewaschen und getrocknet wieder mitnehmen. Und ein halbes Pfund Gehacktes kannst du auch noch mitbringen. Das ist heute bei euch im Angebot."

„Mama, ich hab vielleicht meine eigenen Pläne."

„Ich frag ja nur."

„Schon gut Mama, was gibt's denn?"

„Ich hab ein neues Rezept ausprobiert, extra für dich. Du magst doch so gerne indische Küche. Sogar echten Safran hab ich besorgt. Die Marsala Soße ist schon fertig. Wenn du was für die Kochwäsche hast, vergiss die nicht. Und denk an das Gehackte."

„Ja Mama."

Mara sank auf dem Sofa nieder. Sie dachte, wie gut es war, eine Mutter zu haben, aber irgendwie anstrengend war sie auch. Sie genoss es, Kind sein zu dürfen, aber machte sich auch Vorwürfe deswegen. Schließlich sagte sie immer noch Mama, genau so wie vor 25 Jahren, als sie es zum ersten Mal herausplapperte.

Mara kaufte Gehacktes beim Metzger um die Ecke und radelte zu ihrer Mutter, die unweit des Römerlagers wohnte, dort wo Bauarbeiter vor vielen Jahren zufällig auf einige Tonscherben und ein Öllämpchen aus der Römerzeit gestoßen waren. Der Bauwagen der Archäologen stand noch immer im hochgewachsenen Gras. Schade, dachte Mara im Vorbeifahren, wie schön wäre es, wenn es mitten in Deutschland eine italienische Stadt gäbe.

Mama nahm ihr die Wäsche ab und steckte sie sofort in die Maschine. Der Fernseher lief im Wohnzimmer. Loki Schmidt war gerade gestorben und man zeigte Ausschnitte aus ihrem Leben. Ganz privat sah man sie oft mit ihren Blumen. Blumen hatten auch auf Mara eine anziehende Wirkung. Ihre zerbrechliche, grazile Schönheit, ihre farbenfrohe, heitere Ausgelassenheit und ihre verführerischen, süßen Düfte machten sie zu einem Wunder der Natur. Sie verlangten nichts, waren nur da, um Freude zu spenden.

Mara schaute einen Moment zum Fernseher, während ihre Mutter das Essen auftischte. Sie fragte sich, ob Loki Schmidt ihre Blumen geliebt hatte, weil sie an der Seite ihres Mannes einen Ausgleich brauchte? Waren es nicht die Frauen, die Blumen so sehr schätzten? Frauen liebten das zwecklose Schöne, die pure Lieblichkeit ihrer selbst Willen. Waren Frauen daher eher geneigt, sich auf den Weg nach innen zu begeben, den heiligen Weg der Liebe zu entdecken, wie die alte Dame es genannt hatte? Grundsätzlich schon, aber die Wirklichkeit zeigte, dass Mann und Frau gleichermaßen an der Liebe scheiterten, was wohl ein Zeichen dafür war, den richtigen Weg nach innen noch nicht gefunden zu haben.

Mara und Mama aßen zusammen. Mama wollte alle Neuigkeiten über Maddy wissen, aber Mara schwieg über ihre gescheiterte Ehe. Darüber zu reden hätte bedeutet, dass sie sich anschließend um Mamas Sorgen hätte kümmern müssen. Sie kannte den Mechanismus nur zu gut.

„Ich hab uns noch eine Flasche Sekt für später gekauft", verkündete Mama stolz.

Mara stöhnte.

„Mama, ich esse gerne mit dir, aber danach gehe ich. Ich habe eine Verabredung."

„Das ist aber schön. Wo wollt ihr Mädchen denn hin?"

„Wieso Mädchen?"

„Nur so, ich dachte du gehst mit einer Freundin aus."

„Ich treffe mich mit einem Mann."

Mama räusperte sich.

„Hast du dir das auch gut überlegt? Man soll erst eine Beziehung ganz und gar abschließen, bevor man eine neue anfängt."

„Mama, es ist rein freundschaftlich. Wir verstehen uns gut. Das ist alles."

„Ich muss dir nicht sagen, dass es oft so anfängt."

„Was?", fragte Mara bockig.

„Du weißt genau, was ich meine. Bei deinem Vater war es keine Liebe auf den ersten Blick. Ich habe mich nach und nach in ihn verliebt, weil ich ihn immer besser kannte. Er war eben der, den ich am liebsten mochte. Komm doch erst mal über deine Enttäuschung mit Maddy hinweg."

„Und wie bitte geht das?" Mara konnte sich kaum noch beherrschen. Sie fühlte sich unverstanden und allein gelassen.

„Kind, das weiß ich auch nicht. Du unternimmst am besten viel, lernst neue Leute kennen, triffst dich mit deinen alten Freunden und kommst öfter zu uns. Du könntest auch bei der Volkshochschule einen Kurs in Seidenmalerei belegen oder töpfern."

Mara machte sich Luft. Mama meinte es gut, aber sie verstand die Situation nicht. Dauernd unbrauchbare Hilfe angeboten zu bekommen, machte Mara wütend.

„Maddy ist kein Kleidungsstück, das man einfach wechselt. Er ist mein Mann. Verstehst du? Selbst wenn ich ihn, so gut es ginge, vergäße, bleib ich mit ihm verheiratet. Mama, das ist nicht so einfach, wie du denkst. Ich will mich nicht scheiden lassen. Das würde ich jetzt nervlich nicht durchhalten."

„Wollt ihr nicht zur Eheberatung gehen? Die können einem jungen Paar bestimmt helfen."

„Du kennst die irischen Männer nicht. Nein Danke, ist deren Antwort." Mara hatte genug von Mamas hausbackenen Ratschlägen.

„Hattest du mit Papa nie eine Krise?"

„Soviel ich weiß, ist Papa nie fremdgegangen."

„Mama, ich meine eine Ehekrise. Hast du ihn mal nicht geliebt?"

„Das hab ich mich eigentlich nie gefragt, jedenfalls später nicht mehr."

„Und früher? Nun lass dich doch nicht bitten."

„Da war mal ein Mann, der mich begehrte. Es war für mich wie ein zweiter Frühling. Ich wollte nicht, dass es aufhörte. Während dieser Zeit habe ich deinen Vater zwar noch sehr gern gehabt, aber ich habe mir eingeredet, ihn nicht mehr zu lieben."

„Erzähl mir mehr davon."

„Ich dachte, du hast noch eine Verabredung", wiegelte Mama ab. „Sieh mal nach, ob die Wäsche durch ist und steck sie in den Trockner. Ich bring sie dir morgen früh vorbei."

„Wie wär's, wenn wir ein Glas Sekt trinken? Ich muss erst um acht los."

„Dachte ich mir doch."

MAX

Max war gerade dabei, die Abrechnung zu machen, als Mara hereinkam. Er drehte sich um und strahlte ihr ein, „Hallo schöne Frau!", entgegen. Mara huschte ein Lächeln über die Wangen. Sie mochte die Art, wie er seine Männlichkeit dosierte. Wahrscheinlich wusste er genau, dass er ein attraktiver Mann war und konnte deswegen so elegant und selbstsicher auftreten. Auch wenn sie es manchmal kitschig gefunden hatte, aber ein Mann durfte gern ein Eroberer sein oder besser gesagt ein Mann, von dem sie gern erobert wurde.

„Augenblick, bin sofort fertig", warf er ihr zu und ging in den Küchenraum, wobei er sich die Schürze losband.

Mara fragte sich, ob sein charmantes Verhalten echt war, oder ob er auch Rollen spielte wie Maddy. Er hätte es nicht nötig. Wie schön wäre es, wenn alles an ihm so natürlich wäre, wie es aussah. Max kam zurück und mit ihm ein feiner Hauch von Aftershave.

„Wie wär's, wenn wir bei Schürmanns, gleich um die Ecke, einen Happen essen?"

„Ich habe gerade bei meiner Mutter gegessen."

„Okay, dann auf ein Bier."

Er hielt Mara die Eingangstür auf und schloss ab. Einige Minuten später saßen sie in der Kneipe. Max hatte einen Tisch am Fenster ausgesucht mit Blick auf das historische Rathaus.

„Ist schon eine schöne Stadt", sagte er. „Die schmucken Gebäude erinnern mich an meine Heimat."

„Wieso können Sie eigentlich so gut Deutsch sprechen?"

„Ich bin in Aruba geboren, aber sobald du dort die Schule verlässt, hängst du auf der Straße oder du gehst weg. Mein erster Job war in Holland am Flughafen Schiphol und dann fast fünf Jahre Frankfurt. Ich folge dem Geld, bin Manager, trotzdem mach ich alle Arbeiten. Ich bin gern mitten drin, verstehen Sie?"

„Haben Sie keine Familie? Entschuldigen Sie, das geht mich natürlich nichts an. Aber nur dem Geld zu folgen? Ich weiß nicht. Das wär nichts für mich."

„In Aruba gibt es keine echten Herausforderungen. Ich war ehrgeizig und habe nicht wie die anderen in den Tag hinein gedöst. Meine Eltern leben noch und meine Schwester ist auch dort. Aber was reden wir. Wenn Sie wirklich wissen wollen, worüber ich spreche, dann führt kein Weg daran vorbei, es mit eigenen Augen zu erleben. Was hilft es, wenn ich Ihnen von der blauen Lagune erzähle, den Seesternen mit ihren schillernd goldenen und silbernen Kostümen, den Korallenfischen, die bunter nicht sein können? Die Früchte schmecken saftiger und süßer und abends gibt es frischen Fisch und viele tropische Spezialitäten. Vor zwei gehen Sie keine Nacht ins Bett. Tanzen Sie gern? Rauchen Sie gern mal ein bisschen Extravagantes? Es liegt Ihnen alles zu Füßen. Nur, wie gesagt, wenn man das jeden Tag hat, ist es nicht mehr das Gelbe vom Ei. Viele junge Männer bleiben in ihren Bob Marley Träumen hängen. Ein Tag ist wie der andere."

Für Mara klangen seine Worte wie Palmenblätter, die sich im Wind der Sonne wiegten. Dieser Mann verzauberte sie. Er trug sie förmlich dort hinaus zu den schillernden Seesternen und einer blutroten Sonne, die im stillen Blau des Ozeans versank. Etwas nüchterner sah ihr Lebenslauf aus.

„Meine Reisen kommen da nicht mit. München und Irland, das sind meine Stationen gewesen."

Sie zögerte einen Moment, denn Irland gab es nicht ohne Maddy, aber der sollte hier nicht dazwischenfunken.

„Wissen Sie, Max, Irland war für mich kein Spaziergang durchs Paradies. Da tickt das Leben anders, und wenn du mitticken willst, musst du irisch ticken. Seit meiner Rückkehr nach Haltern hatte ich Zeit zum Nachdenken. Es wird in Deutschland viel über Integration geredet, zum Beispiel über die Türken. Als ich mich als Deutsche in eine irische Familie integrieren wollte, habe ich gemerkt, wie schwierig das selbst innerhalb westlicher Kulturen ist. Es war eine harte Zeit, aber sie hat mich auch stark gemacht."

Max nickte verständnisvoll und zog die Augenbrauen hoch. Die Kellnerin kam mit den Getränken. Max gab Mara ihren Gin & Tonic in die Hand und nahm dann sein Bier.

„Wir erzählen uns sehr persönliche Dinge", bemerkte er. „Was meinen Sie, wenn wir Du zueinander sagen?"

Mara strahlte.

„Das liegt mir sowieso die ganze Zeit auf der Zunge. Ich musste mich dauernd beherrschen, dass es mir nicht herausrutschte."

Max hob sein Glas und lächelte ihr zu.

„Auf ein wunderschönes Du aus Deutschland und ein sonniges aus Aruba. Auf dich und mich."

Mara fühlte sich so sehr angenommen, wie seit Langem nicht mehr. Dieser Mann nahm sie einfach mit und entführte sie auch ohne Flugzeug in die karibische Fremde, die ihr nun so greifbar nahe vorkamen. In seinen Worten lag eine belebende Glut, die unter ihrer Haut zu glimmen begann.

„Max, hast du Familie?"

Mara erschrak über sich. Ihre Frage kam so unvermittelt. War sie zu privat? Sie nahm einen Schluck aus ihrem Glas, schaute aus dem Fenster und hoffte Max hätte die Frage nicht gehört.

Er nahm ebenfalls einen Schluck aus seinem Glas, als brauchte er Bedenkzeit.

„Nein, ich bin allein", klang er fast entschuldigend. „Echte Beziehungen sind nicht einfach. Eine Familie könnte ich mir im Moment nicht leisten. Ich schicke Einiges von meinem Verdienst zu meinen Eltern und meiner Schwester."

Mara gab sich damit zufrieden, und war froh mit ihrer Frage nicht zu intim gewesen zu sein. Sie sah ihn bewundernd an.

„Hast du eigentlich kein Heimweh?"

„Ich fliege zweimal im Jahr rüber. Das reicht mir und denen daheim auch. Nächste Woche geht's wieder los. Willst du nicht mitkommen?"

Das saß. Nach der Schrecksekunde kam die Überraschung. Ja, sie wollte, und wie sie wollte, oder war das nur ein naives Schwärmen für einen Traum, der ihr gerade auf dem Silbertablett präsentiert wurde? Mit einer charmanten Begleitung ins karibische Paradies zu segeln, darin lag genau die Verführung und der Zauber, die sie als Sprungbrett brauchte, um ihrer Grauzone zu entfliehen. Das spontane Angebot schlug sich mit Herzklopfen nieder. Max half nach.

„Ich würde mich sehr freuen, dir die Insel zeigen zu dürfen. Wer wäre nicht gern der private Reisebegleiter einer schönen Frau?"

Mara ignorierte seine Schmeichelei, obwohl sie sich ein Lächeln nicht verkneifen konnte. Das war die Lösung, aus dem Schlamassel auszusteigen. Am liebsten hätte sie sofort ja geschrien.

„Lass mich erst eine Nacht darüber schlafen."

Max reagierte mit Augenzwinkern.

Mara dachte, ob sie so viel Glück verdient hatte. Sie erinnerte sich an die vielen Märchen aus ihren Kindertagen. In keiner der Geschichten kam das Glück, ohne einen Preis dafür gezahlt zu haben. Sie war ein gebranntes Kind und wollte nicht gleich wieder enttäuscht werden. Was waren seine wirklichen Motive? Er strahlte Überlegenheit und Ruhe aus, war ihr sofort sympathisch gewesen. Wie gern würde sie sich an die Hand nehmen lassen, besonders wenn der Weg ins Paradies führte. Zur Not konnte sie ja die Herzensfrage stellen - nicht Nachdenken, einfach zulassen, auf das Herz hören, auch wenn das leichter klang, als es war.

FLIP - FLOPS

Die Sonne schien durch ihr Dachfenster, auf dem die Stare einige Kleckse hinterlassen hatten. Mara nannte sie Banditen, die mit großer Vorliebe auf der Fernsehantenne, in der Nähe ihres Fensters saßen. Das Geschnatter, von dem sie neuerdings um sechs geweckt wurde, kam allerdings von den Schwalben, die auf der Telefonleitung ihren Abschiedstratsch hielten.

Sie hatte die Decke bis ans Kinn gezogen. Ihr war danach, sich ganz entspannen zu wollen. Ihre Arme lagen lang ausgestreckt neben ihrem Körper, ihre Handflächen der Matratze zugewandt. Sie lauschte den Vögeln, nahm ihr Palaver auf, als sei es für sie bestimmt. Sanft, wie auf einer Wolke, lag ihr Körper da, ohne die geringste Bewegung. Um sich vom ständigen Denken abzulenken, konzentrierte sie sich auf ihre Atmung. Ihre Gedanken machten willkürliche Sprünge, kamen und gingen. Einige von ihnen waren zum Ärgern andere zum Sorgen und wieder andere waren langweilig. Was in ihr wählte diese Gedanken aus? Sie dachte, wie das Leben wäre, wenn nur schöne Gedanken kämen oder solche, die glücklich machten.

Als sie sich die Herzensfrage gestellt hatte, ob sie Maddy verlassen sollte, da hatte sie beobachtet, dass Ihr Verstand an der Entscheidung nicht beteiligt war.

Aber genau das machte es so schwierig. Die Herzensfrage wurde vom Herz beantwortet und das sprach eine andere Sprache, die man erst erlernen musste. Das Herz sprach als Gefühl. Aber ein Gefühl konnte einem doch keine Entscheidung abnehmen. Dazu musste man unbedingt den Verstand benutzen. Aber nein das stimmte nicht. Die Trennung von Maddy beruhte auf einem Gefühl. Während ihrer Zweifel hatte sie immer versucht, den Verstand entscheiden zu lassen. Das hatte nicht geklappt. Erst im Moment als sie sich bei Paul entspannt und zugelassen hatte, dass ihr Gefühl zu ihr sprechen durfte, fiel die Entscheidung.

Mara schaute auf die Uhr. Nur noch fünfzehn Minuten, bis sie zum Supermarkt aufbrechen musste. Sie wusste, dass dieser Stress dazugehörte. Fünfzehn Minuten bis zur Entscheidung. Aruba oder Haltern?

Es fiel ihr schwer, das warme Bett zu verlassen. Widerwillig schob sie die Bettdecke zur Seite, stellte den Wasserkocher an und ging zur Toilette. Die Schwalben flogen ihr Frühstück ein und die Stare hatten sich zum Proben für den Flug gen Süden verabredet.

Die Sonne erbarmte sich und schob mit ihren Strahlen die Regenwolken auseinander. Das kleine Dachfenster stand leicht geöffnet. Ein feiner Hauch fegte frische Luft hinein. Sie hatte sich in ihren Bademantel gehüllt. Als sie sich auf den mit schwarzem Kunstleder bezogenen Küchenstuhl setzte, genoss sie die Wärme, die die Sonnenstrahlen auf dem Polster hinterlassen hatten. Sie goss Milch in ihren Tee. Eine flüchtige Beobachtung streifte sie, erregte dann aber sofort ihre volle Aufmerksamkeit. Diesmal hatte sie sich nicht wie üblich schnell an den Tisch gesetzt, um ihren Tee zu trinken, diesmal saß sie im Schneidersitz auf dem Stuhl. Das hatte sie noch nie getan. Gab ihr Körper ihr ein Zeichen? War die Entscheidung gefallen? Hatte das Herz gesprochen?

Ihre Lippen tasteten den Rand der Tasse ab. Sie vernahm den Duft des Milchtees und schaute dabei durch die Fensterluke in die blauen Himmelslöcher. Das Blau gehörte zu ihrer Heimat und dennoch war es auch das Blau von Aruba. Der Kondensstreifen eines Flugzeugs teilte das Blau in zwei Hälften. Mara musste vor Erleichterung lachen. Endlich frei! München, Irland und nun Aruba. Für einen Moment war es ihr egal, ob Max sie begleitete. Sie würde fliegen, so oder so. Die Überraschung war perfekt. Ihr Herz hatte gesprochen und sie hatte es gehört.

„Worauf wartest du noch, Mara?", sprühte sie vor Übermut. „Willst du nicht deinen Koffer packen? Brauchst du einen neuen Bikini? Und Sonnencreme, ja um Gottes Willen Sonnencreme, mit dem höchsten UV-Faktor. Oje! Und was mach ich mit der Allergie?"

Ihr erstes Monatsgehalt stand aus. Das sollte zur Finanzierung reichen. Außerdem hatte sie Gespartes aus Irland. Sie holte sich ein Blatt Papier und schrieb: *Sachen für Aruba* darauf. Dann unterteilte sie die Liste in Sachen, die sie noch kaufen musste und solche, die sie schon hatte.

Sie hatte sich gerade eine zweite Tasse Tee gemacht, als ihr Handy klingelte. Es war Conny.

„Mara, bist du's?"

„Ja, wer sonst?"

„Du kannst dir nicht vorstellen, was hier los ist. Der Gerdes ist stocksauer, dass du um neun nicht da warst und ..."

„Ich komme später", unterbrach Mara, „um meine Kündigung abzugeben. Muss erst noch bei meiner Mutter vorbei, um sie zu tippen."

„Das ist nicht dein Ernst. Bist du verrückt geworden? Du kannst doch wegen dem Gerdes nicht deine Zukunft aufs Spiel setzen. Wir kommen alle so gut mit dir aus. Du überstürzt da was."

„Mein Entschluss steht fest. Die Probezeit ist für beide Seiten da, nicht nur für den Betrieb. Ich mag euch auch sehr gern. Mach's gut. Bis nachher."

Conny ins Vertrauen gezogen zu haben, gab ihr Mut, denn nun war ihre Entscheidung öffentlich. Ihrer Mutter konnte sie allerdings einen solch gravierenden Schritt nicht einfach mitteilen. Das Treffen mit Mama lag ihr auf der Seele. Sie nahm sich vor, ihre Reisepläne nicht auch noch zu erwähnen. Das würde Mama nicht verkraften. Die Sache mit der Kündigung war schlimm genug.

Sie fuhr mit dem Fahrrad durch die Stadt und wünschte sich ein kleines Wunder herbei. Warum konnten nicht alle Menschen netter miteinander umgehen? Warum musste der Gerdes ein so elender Fiesling sein? Und Mama, die war herzensgut, aber sie war auch ängstlich und für gewöhnlich gewannen die Sorgen das Rennen um Mamas Emotionen.

Mara lehnte ihr Fahrrad gegen die Hauswand und bereitete sich auf die Begegnung mit ihrer Mutter vor. Sie fürchtete, dass Mama ihr sofort ansehen würde, dass was nicht stimmte, also machte sie besser ein heiteres Gesicht.

„Hi Mama", rief Mara fröhlich, gab ihr einen Kuss und ging beschwingt ins Wohnzimmer, wo der Computer und der Drucker in einem Wandschrank verstaut waren. Sie klappte die Eichentür herunter und holte das Keyboard vor. Der Computer summte leise, als Mama in der Tür stand.

„Mara, was machst du hier um diese Zeit? Müsstest du nicht arbeiten?"

Das hörte sich schon ganz nach Sorgen an.

„Nein, Mama, ich hab es noch rechtzeitig geschafft, in der Probezeit zu kündigen. Ich möchte dich nur bitten, Papa noch nichts davon zu sagen. Du weißt ja, der sieht immer gleich schwarz. Hast du noch ein Schlückchen Sekt von gestern? Dann können wir darauf anstoßen."

Mara traute sich nicht, ihre Mama anzusehen.

„Komm, bring zwei Gläser mit und setz dich zu mir! Ich erzähl dir alles. Du glaubst gar nicht, wie froh ich bin, endlich diesen Chef los zu sein. Das war ein echter Tyrann."

Mama zögerte, holte dann aber die halb volle Sektflasche aus der Küche, stellte die Gläser auf die Fensterbank und goss ein.

„Das mit Papa geht doch klar?", fragte Mara lächelnd.

„Ich versteh dich nicht. Sprichst du vom Gerdes? Der ist doch kein Tyrann. Der grüßt immer sehr freundlich. Sag mir endlich, was los ist."

Mara nahm die Gläser und reichte eines davon ihrer Mutter, die sich neben sie gesetzt hatte. Es gab wohl doch keinen leichten Weg an Mamas Sorgenmiene vorbei. Aber im Grunde war es wichtiger, ein klärendes Wort mit ihrer Mutter zu sprechen. Sie stellte ihr Glas zur Seite, ohne davon getrunken zu haben.

„Mama, du hast dir all die Jahre Sorgen um mich gemacht, und was hat es gebracht? Ich bin doch mit Maddy weggegangen, hab meine Schule vorzeitig beendet und dann eine Lehre gemacht, die du und Papa nicht gut fanden. Ich leb mein Leben schon lange in eigener Verantwortung. Das ging in letzter Zeit nicht immer gut, gar nicht gut, aber ich stehe für meine Entscheidungen ein. Ich komme zu dir, weil ich eine echte Freundin brauche, eine die mir zuhört und die mir nicht ihre Sorgen auftischt, um die ich mich dann auch noch kümmern muss. Ich bin ganz allein, kannst du nicht einfach nur helfen?"

Mara hatte Tränen in den Augen, womit sie nicht gerechnet hatte. Mama stellte ihr Sektglas zurück auf die Fensterbank, zögerte einen Moment und streichelte dann Maras Haare. Sie wischte sich die Tränen aus den Augen.

„Ich habe gekündigt, weil ich nicht gut behandelt wurde und nun geht das Leben weiter. Ich habe immer fleißig gearbeitet, das soll auch so bleiben. Ich werde schon was finden."

Am liebsten hätte sie nun die Sektgläser genommen und mit ihrer Mutter angestoßen, aber die saß dort wie angewurzelt. Eigentlich war Mama dran, etwas zu sagen und es kam sehr darauf an, was sie sagen würde.

„Ich bin gekommen, um die Kündigung zu tippen", sagte Mara unsicher und hoffte, ihre Mutter würde nun die richtigen Worte finden.

Mama blieb sprachlos und Mara musste einsehen, dass sie ihre Mutter überfordert hatte. Mama war machtlos gegen ihre Sorgen, und dass diese Schwäche auch das Verhältnis zu ihrer Tochter berührte, darunter litten beide.

„Jetzt gibt's erst einen Schluck Sekt", munterte Mara ihre Mutter auf. „Dann tipp ich und dann komm ich zu dir in die Küche und erzähl dir alles."

Was hatte sie erwartet? Mama ging es nicht gut und sie musste sich kümmern.

Mama war eine Sorgenmama. Sie zu ändern, würde sie mehr Kraft kosten, als einfach die Tatsachen hinzunehmen. Eine wirklich gute Freundin würde sie bestimmt bald finden.

Eine halbe Stunde später radelte sie durch die Stadt zum Supermarkt. Sie marschierte durch den Haupteingang, warf Conny einen kessen Blick zu und winkte mit ihrem kleinen braunen Umschlag, in dem die Kündigung steckte.

Die Gesichter der Kolleginnen sprachen Bände. Die jüngeren Kolleginnen konnten nicht fassen, dass Mara sich gegenüber ihren Vorgesetzten so selbstbewusst verhalten konnte. Frau Schriever von der Gemüse- und Obstabteilung klopfte ihr im Vorbeigehen auf die Schulter und sagte: „Mädchen, wir hätten alle lieber, wenn du bleiben würdest." Frau Ellermann kam hinter ihrer verglasten Theke hervor und nahm Mara beiseite.

„Hör mal, mit jedem von uns gehen mal die Pferde durch. Der Gerdes hat sein Fett weg. Ich weiß vom Chef, dass er dich behalten möchte. Gib dir einen Ruck und schmeiß die dumme Kündigung weg. So eine wie dich können wir gut im Betriebsrat gebrauchen."

Für Mara war das genau die richtige Unterstützung. Frau Ellermann war die Nummer 1 des Personals. Als

Fleisch- und Wurstverkäuferin stieg und fiel der Betrieb nicht nur mit ihr, sie war auch eigentlich die Chefin Under Cover.

„Das ist sehr lieb", sagte Mara, „aber ich hab schon Pläne gemacht und es auch schon meiner Mama gesagt. Erst mal geh ich. Wer weiß, was dann wird. Vielleicht komm ich in ein paar Wochen zurück."

Mara fühlte sich von Frau Ellermann geschmeichelt und ging mit Stolz ins Büro zu Herrn Tietke, ihrem Chef. Sie legte ihm den Umschlag auf den Schreibtisch und sagte, dass das ihre Kündigung sei. Dann hörte sie sich an, wie ihr Chef sich bemühte, die Vorkommnisse zu relativieren und den Schaden zu begrenzen. Er entschuldigte sich und bat Mara, sich die ganze Sache zu überlegen. Mit großer Gelassenheit nahm sie die freundlichen Worte ihres Chefs entgegen und wunderte sich, dass sie nicht den leisesten Hauch eines Zweifels an ihrer Entscheidung verspürte. Sie verabschiedete sich, holte ihre restlichen Sachen aus dem Spind und ging zu Conny an die Kasse. Zwischen zwei Kunden wechselten sie ein paar Worte. Conny war den Tränen nahe. Mara wollte Conny schonen und versprach ihr, sie in den nächsten Tagen zu treffen.

Als sie den Supermarkt verließ, war das so schön wie der Tag, am dem sie ihren Realschulabschluss in den Händen gehalten hatte. Jedenfalls war die Freude so wunderbar naiv schön, so schön, als könnte sie jetzt Purzelbäume schlagen. Sie war ein dickes Paket losgeworden und hatte Mamas Sorgen überstanden. Nun ging es vorwärts.

Die Absicht für ihre Reise ein paar Einkäufe zu erledigen kam ihr nun wie gerufen. Sie kaufte sich einen schwarzen Bikini und einen roten Badeanzug. Sie hatte mal Fotos gesehen, auf denen Touristen mit Taucherausrüstungen zu Korallenriffen abtauchten. Das würde sie auch gern machen und in einem Badeanzug würde sie sich dabei wohler fühlen. Noch konnte sie sich nicht vorstellen, eine dieser schweren Sauerstoffflaschen auf dem Rücken zu tragen. Als Nächstes suchte sie eine Drogerie auf. Die Drogistin konnte sich die roten Hauterscheinungen am Hals nicht erklären. Sie tippte auf Allergie. Mara deckte sich mit tropenerprobten Hautcremes ein und kaufte gleich drei Tuben Sonnenschutzlotion und ein Paar grüne Flip Flops.

Jetzt wäre sie am liebsten bei Max vorbeigefahren, aber sie hielt es für besser, ihm keine verfrühten Signale zu geben. Sie war noch nicht in ihn verliebt. Er war ihr Retter und Charmeur, mehr nicht. Sie kaufte sich stattdessen ein Stück Apfelkuchen mit Zuckerguss und ließ sich einen extra großen Klecks Sahne oben drauf geben. Voller Vorfreude fuhr sie zu ihrer Wohnung. Vor der Tür stand ein Korb mit sauberer und gebügelter Wäsche. Liebe Mama.

Wie leicht es plötzlich sein konnte, den Geruch von Mottenkugeln und abgestandenen Bratensaft, der ihr beim Öffnen der Wohnungstür jedes Mal in die Nase stieß, einfach zu verdrängen. Sie machte sich einen Kaffee, deckte den Tisch und sah beim Genießen des Apfelkuchens aus dem Dachfenster, weit hinaus, noch über die Wolken, bis auf die andere Seite, wo es keine Erinnerung mehr gab.

Als sie die wichtigsten Punkte ihrer Reiseplanung erneut durchging, kam ihr auch Pauls Antwortbrief in den Sinn. Würde sie vor ihrer Abreise noch Post von ihm bekommen?

FÜNF TAGE SPÄTER

Der Koffer war randvoll und ihre Urlaubsliste zu dreiviertel abgearbeitet. Mara hatte sich immer wieder oben auf den Koffer gestellt, aber das half auch nicht, den Reißverschluß gängig zu machen. Eigentlich besaß sie nicht viel mehr, als sie in den Koffer packen wollte.

Sonnenstrahlen fielen durch das geöffnete Dachfenster. Sie setzte sich darunter und ließ sich die Wangen bescheinen. Den Kopf in den Nacken gelehnt, strich die Zeit an ihr vorbei.

Erst gestern hatte sie Mama und Papa reinen Wein eingeschenkt. Mama war verhältnismäßig ruhig geblieben und Papa rückte erst dann mit seiner Kritik heraus, als er erfahren hatte, dass sie mit einem Schwarzen in die Karibik fliegen würde und noch nicht wisse, wann sie ihre Reise beende.

Mara hatte für Conny und ein paar andere Mädchen von der Belegschaft des Supermarktes eine Party veranstaltet. Susanne war auch eingeladen gewesen. Sie hatte sich allerdings am Telefon damit entschuldigt, dass Mara ihren Mann Peter nicht ausdrücklich eingeladen hätte und dass sie deswegen auch nicht kommen würde. Immerhin hatte sie den Mut bewiesen, abzusagen.

Max hatte günstige Tickets besorgt und würde sie am nächsten Morgen abholen.

Die Reisevorbereitungen und die Vorfreude hatten sie von all dem anderen Kummer abgelenkt und eigentlich war sie jetzt glücklich.

Am Morgen der Abreise kam der Postbote pünktlich um neun und schob einen Brief mit Luftpostzeichen durch den Türschlitz. Paul hatte sie nicht vergessen. Sie freute sich darauf, den Brief im Flugzeug lesen zu können.

ARUBA

In dem Moment, als Mara das kleine Flughafengebäude in Aruba verließ, hatte ihr Herz Feuer gefangen. Sie hatte oft gerätselt, wie der Augenblick der Ankunft sein würde. Nun umringte sie eine Wolke aus zuckersüßer, karamelliger Luft und die Wärme tauchte sie in ein Becken mit lauwarmer Milch. Sie atmete mehrmals tief durch. Die Luft schmeckte nach unzähligen Zutaten: Zimt, Ananas, Kakao. Riesige schlanke Palmen ragten in einen azurblauen Himmel. Die Betriebsamkeit der farbigen Taxifahrer und ihre dunklen melodischen Stimmen fächerten ihr eine andere Zeit zu, eine andere Epoche, vielleicht eine, in der sie erwachte und das Leben war doch anders, voller Munterkeit, Regenbogenfarben und Liebe.

„Da kommt Jackson!", rief Max und deutete auf einen alten Nissan Bluebird, dem die Stoßstangen fehlten. Jackson und Max kannten sich, seit sie kleine Jungs waren. Der Wagen war schon von Weitem zu hören. Reggae posaunte aus den dicken Boxen, die hinten im Auto auf den Rücksitzen festgezurrt waren. Jackson und Max reichten sich die Hände und klopften sich auf die Schultern. Jackson ließ ein paar Sprüche los, stieß Max einige Male an der Schulter an und wiegte dabei seinen Oberkörper mit tänzelnden Schritten hin und her. Max reagierte mit Gelächter.

Jackson benahm sich anders, als sie es von europäischen Männern kannte. Während sein Mundwerk plapperte, verlagerte er ständig seine Beine und gestikulierte mit den Händen, sodass es aussah, als folgte er einem Stammesritual.

Jackson grinste Max an und wandte sich dann Mara zu. Er überschüttete sie mit Willkommensgrüßen. Leider hatte sie Mühe seinen Slang zu verstehen. Selbst wenn er sein Kaugummi aus dem Mund genommen hätte und sie nicht von seiner exotischen Art überwältigt gewesen wäre, würde sie seinen Sing-Sang nicht verstanden haben.

Mara zwängte sich zwischen die Boxen auf den Rücksitz. Ihr Koffer wurde oben auf den Dachgepäckträger geworfen und los ging's. Max und Jackson unterhielten sich in ihrer Heimatsprache, keine Chance für Mara auch nur ein Wort zu verstehen.

Fast alle auf der Insel beherrschten drei, manche vier Sprachen, Englisch, Holländisch, Spanisch und Papiamento, eine Übersprache, die den Verschleppten und Sklaven aus verschiedenen Regionen der Karibik geholfen hatte, sich untereinander zu verständigen. Sie sah sich Jackson an, der wieder mal seinen Kopf aus dem Fenster hielt, um ein paar Frauen, die die Straße entlang schlenderten, etwas zuzurufen. Die Frauen lachten laut und hatten ihren Spaß. Er schien, als würde er alle Leute auf der Insel kennen. Dauernd gab er Handzeichen oder hielt an, um mit jemandem zu reden. Das Hupkonzert der wartenden Autos hinter ihm störte ihn nicht. Jackson trug an allen Fingern goldene Ringe, an manchen mehrere. Wenn kein interessantes Objekt seinen Weg kreuzte, klopfte er mit seinen Fingern zum Takt der Musik aufs Lenkrad. Aus der Mitte des Lenkrades prunkte ein Totenkopf aus Silber. Anders als bei Max war Jacksons Haut tiefschwarz. Mara meinte, viele winzige Erhebungen darauf zu erkennen. Zu gern hätte sie mal angefasst. Kurz trafen sich Maras und Jacksons Blicke im Rückspiegel. Obwohl sie sofort wegschaute, hatte sie einen roten Schimmer in seinen Augen gesehen und einen rot unterlaufenen Augenrand. Sie dachte sofort, dass diese beiden Augen nicht glücklich waren, aber woher sollte sie das wissen, nach 15 Minuten in einem anderen Teil der Welt?

Auch Max wurde von einigen Leuten gegrüßt, aber Mara hatte eher den Eindruck, dass die interessierten Blicke nicht Max galten, sondern der kleinen, blond gelockten Weißen auf dem Rücksitz. Sie lehnte sich zurück. An ihren Armen spürte sie die Vibrationen der Boxen. Jackson fuhr langsam durch eine dicht befahrene Einkaufsstraße. Duft von süßem Popcorn und gebrutzelten Leckereien stieg ihr in die Nase. Dicht gedrängt schoben sich Menschenmassen an den Geschäften vorbei. Die Plätze sahen aus wie Basare. Eine Gruppe fettleibiger Menschen in Shorts und bunten, kurzärmeligen Hemden schlenderte am Auto entlang. Neugierig fragte sie:

„Sind das Amerikaner?"

„Sicher, mein Liebling", sagte Jackson. „Jeden Tag bekommen wir Besuch von diesen großzügigen Menschen. Die kaufen bei uns ein und wir kaufen dann bei ihnen ein. Wir sind ein bisschen teurer und deswegen freuen wir uns über die Yanks. Wir freuen uns auch, wenn sie wieder fahren. Wir sind eine Insel der Freude, happy island, all one happy island, Lady. Ich zeig dir jetzt, wo die Amerikaner herkommen."

Jackson bog von der Hauptstraße ab und fuhr auf ein gigantisches Bauwerk zu. Links und rechts der Straße befanden sich Häuser, eng gebaut. Im ersten Moment konnte sie nicht erkennen, auf was sie dort zufuhren. Es war eine riesige blaue Wand mit vielen kleinen weißen Löchern darin. Dann dämmerte es ihr. Sie näherten sich einem Ozeanriesen. Es wollte ihr nicht in den Kopf, dass das ein Schiff war. Sie stieg aus und schoss einige Fotos. Jackson freute sich über die eifrige, kleine Lady. Er gab Max ein paar unmissverständliche Zeichen. Max lächelte nur. Jackson grinste. Mara hatte davon nichts mitbekommen.

Sie fuhren weiter an den Rand der Stadt. Die Erde war ausgetrocknet und staubig, manchmal roch es verbrannt, von einigen verkohlten Sträuchern und ausgebrannten Autos, die den Straßenrand säumten. Es wurde dämmrig.

„Möchtest du gerösteten Mais?", fragte Max. „Den gibt's hier vorne nach der Kreuzung."

„Nein, danke. Ich bin so gespannt auf deine Schwester."

Mara freute sich auf die Gesellschaft einer Frau. Außerdem war sie müde von der Reise. Max hatte arrangiert, dass sie die erste Nacht bei seiner Schwester Daria verbringen durfte.

Dass sich in amerikanischen Filmen die Schwarzen eines Gettos mit Bruder und Schwester anredeten, fand sie immer sehr gekünstelt. Zwischen Jackson und Max fiel dauernd diese Anrede. Nun fand sie es sehr passend. Es gehörte dazu.

Daria begrüßte Mara mit einer Herzlichkeit, auf die sie nicht gefasst war. Daria umarmte, drückte sie herzlich und sprach ohne Unterlass. Mara wurde mit Komplimenten überschüttet. Dank ihrer irischen Jahre konnte sie sich perfekt auf Englisch verständigen. Daria fand Maras Haare so wahnsinnig toll, dass sie mehrmals hineingriff. Sie wollte nicht glauben, dass diese blonden Locken echt waren. Mara ging das Herz auf. War das ein Unterschied zu einer deutschen Begrüßung. Bei Daria lagen die Emotionen offen. Da lag ein feuriges Leuchten in ihren Augen.

Daria war etwas kleiner als sie und sehr hübsch. Ihre breit aufgeworfenen Lippen standen nicht still. Sie sprach laut, manchmal fast singend. Max wurde mit ein paar spärlichen Worten in Papiamento bedacht. Zu ihrem Bruder hatte Daria anscheinend ein abgekühltes Verhältnis.

Daria hatte „Schwester" zu ihr gesagt. Mara fühlte sich geehrt. Gehörte sie schon zur Familie? Nun war sie an der Reihe, zum ersten Mal eine Fremde mit Schwester anzureden. Würde sie es richtig machen, oder stand ihr das nicht zu? Jackson hatte sie nicht mit Schwester angesprochen, selbst Max hatte es bisher vermieden.

Mara hatte sich nie über ihre weiße Hautfarbe Gedanken gemacht. Plötzlich empfand sie sich exotisch und fremd. Sie fragte sich, ob die Schwarzen den Weißen ihre Unterwerfung zu Sklaven ganz vergeben hatten. Welche Vorurteile geisterten in ihren Köpfen heute noch umher? Sie wünschte sich eine aufrichtige Freundschaft mit den Menschen hier. Mit Haut und Haaren wollte sie sich in dieses Abenteuer stürzen. Da flammte was in ihrem Herzen, von der ersten Sekunde an.

Sobald Jackson verschwunden war, wurde es ruhig um Max. Mara spielte mit den beiden Töchtern von Daria. Die hatten während der Begrüßung vor ihr gestanden und sie wie ein Weltwunder angesehen. Mara beugte sich zu ihnen hinunter, um sich davon zu überzeugen, dass diese beiden wunderbaren Geschöpfe keine Puppen waren. Die stolze Mama nahm sich offenbar viel Zeit, ihren beiden Engelchen jeden Tag aufs Neue die Haare zu flechten und bunte Perlen hineinzuweben. Der Liebreiz der beiden Zwillingsmädchen, die in ihren weißen Kleidern aussahen wie schwarze Engel, faszinierte Mara über alle Maße. Die beiden Kinder waren wahrscheinlich genau so fasziniert von dem großen weißen Engel, dass es ihnen die Sprache verschlagen hatte. Als sie merkten, dass Mara auch ein Mensch war und sogar mit ihnen ins Kinderzimmer zum Spielen ging, tauten sie auf. Innerhalb weniger Minuten hatte Mara ihr Vertrauen gewonnen. Allerdings war es unmöglich, die Mädchen auseinander zu halten. Maria glich Theresa wie ihr Spiegelbild.

Eines der beiden Mädchen nahm Mara an die Hand und führte sie an einen Kindertisch, auf dem Bilderbücher lagen. Das Mädchen fischte eins heraus und fing an zu blättern. Dann zeigte sie Mara ein Bild, auf dem die Himmelfahrt Jesu dargestellt war. Umringt von weißen Engeln, in weißen Gewändern mit goldenem Haar fuhr ein weißer Jesus hoch zu seinem weißen Vater mit weißem Bart. Mara dachte für einen Augenblick, wie sie sich fühlen würde, hätten alle Figuren auf dem Bild schwarze Haut. Gott als Schwarzer, das käme ihr vor wie in einem Science Fiction Film. Schon komisch, dachte sie, wie haben die Schwarzen es geschafft, von weißen Herrenmenschen versklavt zu werden und gleichzeitig zu einem weißen Gott zu beten?

Die Kinder zogen an ihrem Arm. Sie wollten ihr noch mehr Spielzeug zeigen. Mara konnte nicht genug von den zarten Kinderstimmen hören. In dieser so fremden Welt schafften die Mädchen eine Atmosphäre, in der sie sich sofort heimisch fühlte. Die unbefangene Art der Kinder erweckte in ihr das Gefühl, als gehörte sie bereits zur Familie.

Daria lebte getrennt von ihrem Mann, nicht weil sie sich auseinander gelebt hatten, sondern weil er als Busfahrer in Miami arbeitete. Auf Aruba gab es keinen Job für ihn. Von dem Geld, das Daria mit ihrem kleinen Friseursalon verdiente, konnte die Familie nicht leben. Ihr Haus lag am Nordrand von Oranjestad. Bis dorthin kamen die Touristen nicht, sodass ihre Kundschaft fast ausschließlich aus Einheimischen bestand. Ihre Preise waren entsprechend bescheiden. Unterm Strich blieb gerade mal soviel, dass sie das Essen für sich und die Kinder davon bezahlen konnte.

Durch den Türspalt des Kinderzimmers konnte Mara sehen, wie Max und Daria miteinander sprachen. Die nackte Glühlampe schien direkt auf die Köpfe der beiden und warf gelegentlich einen Schatten in ihre Gesichter, was das Weiß in ihren Augen umso kräftiger hervorhob. Ihren Gesten und ihrer Körperhaltung zufolge ging es um ein Problem, das die Emotionen auf beiden Seiten höher schlagen ließ. Daria redete auf ihn ein, als hätte sie ihre Meinung lange aufgestaut, während er, ohne ein Wort zu sagen, die Schelte seiner Schwester über sich ergehen ließ. Für Mara sah es so aus, als stemmte sich Max mit seinem massiven Körper gegen Darias Wortflut und hätte sonst nichts zu seiner Verteidigung beizutragen.

Angesichts der vielen Auseinandersetzungen mit Maddy wusste sie, wie beide sich fühlten und das tat ihr weh. Sie sehnte sich nach Frieden und vielleicht ein bisschen Glück. Löste sich ihr Traum von einer unbeschwerten Zeit weit weg vom Schicksal einer gescheiterten Ehe gerade in Luft auf? Sie hatte sich mal wieder abhängig gemacht und schon folgte die Angst, sie könnte erneut verletzt werden. Sollte sie nie mehr Vertrauen haben dürfen, Vertrauen in das Gute anderer? Max war ihr wie ein rettender Engel vorgekommen, nicht zuletzt weil er im richtigen Moment in ihr Leben getreten war.

Daria und er hatten sich sechs Monate nicht gesehen. Was konnte er ausgefressen haben? Oder machte Daria ihm gerade Vorwürfe, eine weiße Frau in die Familie schleusen zu wollen? Mara zog sich tiefer ins Dunkel ihres Zimmers zurück. Sie tröstete sich damit, dass sie und Max am nächsten Tag zum Schwimmen verabredet waren und sie keinen Grund hatte, daran zu zweifeln, dass Max sein Versprechen einlösen würde.

Einige Zeit später rief Daria zum Essen. Zur Feier des Tages gab es gegrillten Red Snapper mit einer köstlich scharfen Fruchtsoße und frisch gebackenes Brot von der Nachbarin, die hinten im Hof eine kleine Backstube hatte und ihre Ware ansonsten auf dem Markt verkaufte.

Hiato, der Nachbarjunge, hatte das Grillen übernommen. Mit seinen sechzehn Jahren konnte er sich an Mara nicht sattsehen. Sie hatte sich umgezogen. Ihr Po steckte in einer engen roten Hose, die unten weit geschnitten war. Sie trug ein Top mit dünnen Trägerchen. Ihre Brüste waren auch ohne BH fest und wohlgeformt. Hiato hing mit seinen Blicken an den kleinen Spitzen, die sich unter ihrem Top abzeichneten. Darias Shorts waren an Knappheit und Enge nicht zu überbieten, eigentlich hätte alles aus den Nähten platzen müssen. Ihr T-Shirt klebte wie eine zweite Haut an ihren üppigen Formen. Was die Männer dieser Insel betraf, die trugen ihre Hosen und Shirts dagegen zwei Nummern zu groß.

Max schaute müde zur Eingangstür. Ein Hund hatte sich dort niedergelassen. Wahrscheinlich hoffte er auf ein paar leckere Abfälle. Für gewöhnlich lächelte Max, wenn er Mara ansah, doch an diesem Abend wirkte er abwesend. Es wurde ihr bewusst, wie sehr sie sich auf ihn als Glücksbringer verlassen hatte.

Als sie mit dem Essen fertig waren, half sie beim Abräumen, was Daria mit einem Lächeln begrüßte.

Max verabschiedete sich. Er fuhr zu seinen Eltern, wo er übernachten wollte. Sie war froh, dass die gespannte Atmosphäre wich, sobald er weg war. Es lag also nicht an ihrer Anwesenheit. Daria war auch sichtlich erleichtert. Während sie die beiden Mädchen bettfertig machte, schaute Mara sich um.

Darias Haus bestand aus drei Zimmern, spärlich eingerichtet, alles funktionell, kaum ein Bild, außer einigen Haarstylings herausgerissen aus Illustrierten. Neben den beiden kleinen Schlafzimmern gab es eine geräumige Küche, in der abgegriffene Möbel standen, die schon oft einen neuen Anstrich bekommen hatten. An den Ecken waren Stückchen abgesprungen und legten die darunter liegenden Farbschichten frei. Als Prunkstück stach ein riesiger Kühlschrank ins Auge, auf dessen Sauberkeit wohl sehr geachtet wurde. Er glänzte, als wäre er gerade erst poliert worden.

Daria hatte die Kinderbetten in ihr Schlafzimmer verfrachtet und Mara bekam das Kinderzimmer, in dem eine Liege stand. Maria und Theresa saßen so lange auf Maras Schoß, bis alle ins Bett gingen. Mara war glücklich über den gelungenen Abend und besonders darüber, dass Daria sich so einfühlsam für ihre Situation interessiert hatte. Sie freute sich nun, Pauls Brief, den sie im Flugzeug nur überschlagen hatte, erneut lesen zu können. Das Gittergestell der Liege quietschte, als sie sich auf die dünne Matratze legte. Sie deckte sich mit einem einfachen Bettlaken zu. Ab und zu hörte sie Reggaeklänge von vorbeifahrenden Autos.

Sie hatte Paul in ihrem Brief darum gebeten, ihr bei der Suche nach der echten Liebe zu helfen. Merkwürdig, dachte sie, dass ihr hier, so weit weg von all den ernsten Fragen des Lebens, das Thema nicht mehr unter den Nägeln brannte. Ein Grund dafür lag sicher bei Daria, die sie so herzlich willkommen geheißen hatte. Konnte Liebe sich auf so simple Weise zeigen?

Das erste und einzige Zusammentreffen mit Paul glich der Begegnung mit Daria in einer ganz bestimmten Hinsicht. Obwohl sie mit Paul kaum ein Wort gewechselt hatte – verglichen mit dem Redeschwall des heutigen Abends – so bestand das Gemeinsame in der völligen Akzeptanz ihrer Person. Sie musste sich nicht verstellen, wie es Maddy und seine Familie erwartet hatten. Sie durfte ganz sie selber sein. Darin lag auf jeden Fall bereits ein Schritt auf die echte Liebe zu, und das hatte sie ganz allein herausbekommen. Nun las sie doch mit Neugier, was ihr der große Meister aus Irland geschrieben hatte.

Liebe Mara,
Es ist mir eine große Freude, Ihnen zum Thema Liebe behilflich sein zu dürfen.
Das Wort Liebe geht vielen Menschen leicht über die Lippen. Besonders in Filmen und Büchern bekommen wir ein

Bild der Liebe entworfen, das wir nur zu gerne in uns selber wiederfinden möchten. Da wird von der romantischen Liebe, von Verantwortung, Treue und Glück gesprochen.

Haben Sie etwas über die Liebe im Sozialkundeunterricht gehört, in den Biologiestunden oder vom Religionslehrer? Vermutlich nur in der jeweils theoretischen Verpackung. Haben uns die Eltern aufgeklärt? Haben Sie in Ihren Teenagerjahren von Ihren Teenagerfreunden dazugelernt? Wussten die Männer, denen Sie begegnet sind, Bescheid? Hat Maddy Sie geliebt? Haben Sie Maddy geliebt?

Viele Menschen werden nie erfahren, ob sie wirklich geliebt haben, weil sie Angst haben, nach ihrer wahren Liebe zu fragen.

Dennoch, liebe Mara, nur der Einzelne kann die Liebe verstehen lernen. Der Weg dahin führt in das Innere des Menschen. Als ersten Schritt auf Ihrem Weg hin zu Ihrer Liebe lernen Sie Ihre Gefühle kennen. Als zweiten großen Schritt überwinden Sie die Ängste, die Ihnen beim Studium Ihrer Gefühle begegnen werden. Den dritten Schritt überlassen Sie einfach der Liebe. Sie kommt von ganz allein.

Ich wünsche Ihnen viel Geduld und ein feines Gespür für die zarten Knospen der Liebe. Ein kleiner Tipp: Die Liebe verbirgt sich gerne. Sie ist wie eine rankende Rose. Nicht jede Blüte ist auf den ersten Blick zu erkennen.

Wo immer Sie sind, in liebevoller Verbundenheit,
Paul,

Pauls Brief warf mehr Fragen auf, als er Antworten gab. Es klang alles logisch, aber warum gab es keine einfache Antwort? Musste sie wirklich alles selber herausfinden? Sie wollte nur wissen, was wahre Liebe bedeutet. Eigentlich müsste die Antwort dazu in jedem Frauenmagazin zu finden sein, aber sie konnte sich nicht erinnern, darüber je etwas gelesen zu haben, das ihr nachhaltig zu denken gegeben hätte. Als Erklärung führte sie an, dass Frauenzeitschriften die Liebe gerne über Beziehungsthemen darzustellen versuchten, aber dort lagen viel zu viele Probleme. Wie sollte die wahre Liebe sich dort herausschälen lassen? Um die wahre Liebe zu entdecken, musste man bei sich selber anfangen, bei seinen Gefühlen, Visionen, Träumen und nicht zuletzt bei seinen Entscheidungen.

Sie lag noch einige Zeit wach, folgte den Scheinwerferlichtern an der gegenüberliegenden Wand. Daria und die Kinder im Zimmer nebenan zu wissen gab ihr das Gefühl, eine neue Familie bekommen zu haben. Sie klemmte sich das Betttuch zwischen die Beine und schlief ein.

PARADIES

Die dröhnenden Motoren einiger Autos, die sich mit den Bassklängen der Musikboxen Duelle lieferten, weckten sie am nächsten Morgen auf. Leise öffnete sich die Tür und Maria und Theresa steckten ihre Köpfe durch den Spalt. Kaum machte Mara die Augen auf, stürmten die Mädchen auf sie zu und blieben mit strahlenden Gesichtern vor ihrem Bett stehen. Zwei lebende Bonbons, dachte Mara, streckte eine Hand aus und zog die beiden nacheinander auf ihr Bett. Sie erzählte ihnen die Geschichte vom tapferen Schneiderlein und schauspielerte dabei wie ein Profi. Die beiden Mädchen schauten sie abgöttisch an und regten sich nicht.

Mara hörte Daria laut in der Küche sprechen. Sie hatte bereits ihrer ersten Kundin an diesem Tag die Haare gemacht. Die Frau wollte nach Curacao fahren, um sich als Putzfrau in einem Nobelhotel zu bewerben. Daria kam ins Zimmer und lud Mara zum Frühstück ein. Als sie ihre Töchter so vereint mit Mara auf dem Bett sitzen sah, staunte sie einen Moment lang und scheuchte dann ihre Küken in die Küche, damit sie ihre Milch austranken. Mara hatte den Eindruck, als hätten die Mädchen noch nie eine Geschichte erzählt bekommen.

Mara stand im Türrahmen, trank ihren Milchkaffee, schaute nach draußen und ließ die Eindrücke auf sich wirken. Der Hund vom Vorabend lag dösend im Schatten. Erst jetzt merkte sie, warum der Anblick des Vorgartens so einladend war. Der größte Teil war mit feinem, weißem Sand bedeckt, genau wie am Strand. Mitten drin stand eine Hollywood Schaukel, daneben eine große Bananenpflanze.

Das Strandambiente sah verlockend aus. Sie setzte sich auf den Boden, schaufelte ihre Hände in den warmen Sand und ließ ihn dann durch ihre Finger rieseln. Ausgelassen sprangen die Mädchen auf sie zu und setzten sich auf ihren Schoß. Dann buddelten sie ihre Füße unter und warteten auf Max.

Daria gesellte sich dazu. Sie setzt sich an einen Platz, wo die Bananenpflanze dank ihrer ausladenden Blätter Schatten warf.

„Kriegst du keinen Sonnenbrand?", fragte Mara.

„Klar, nur nicht so schnell wie eine weiße Fee, Liebes."

„Und was machst du mit Maria und Theresa?"

„Die wissen, dass sie vorsichtig sein müssen."

Mara wurde mit Bitten belagert, die Geschichte vom Schneiderlein erneut zu erzählen. Sie ließ sich breitschlagen. Daria folgte dem neckischen Schauspiel, das sich zwischen Mara und den Mädchen entwickelte und freute sich, ihre Töchter bei so guter Laune zu sehen.

„Sie mögen dich", sagte sie zu Mara. „Möchtest du noch ein paar Nächte bei uns bleiben?"

Mara wäre Daria beinahe um den Hals gefallen.

„Du liest mir einen Herzenswunsch von der Seele ab. Ich bezahle natürlich und nehme dir gern die Kinder ab, wenn du was erledigen willst."

Daria ging sofort darauf ein.

„Findest du 20 Dollar zu viel?"

„In einem Hotel würde ich das Doppelte bezahlen. Ich koch auch gern."

„Das Kochen mach ich. Wenn du dich um die Kinder kümmerst, das wäre mir am liebsten. Da kommt Max."

Mara hätte weinen können, so gerührt war sie. Keine Hotelsuche, keine betrunkenen Nachbarn, dafür drei Engel im Zimmer nebenan. Das Glück war perfekt.

Max rollte mit seinem chromblinkend Motorrad bis in den großen Sandkasten. Daria deutete mit dem Zeigefinger in Richtung Straße und Max zog sein Motorrad aus dem Sand heraus. Mara fühlte ihr Herz klopfen und hoffte nicht rot zu werden. Als Teenager fand sie es schlimm, wenn sie rot im Gesicht wurde. Es verriet ihre emotionale Stimmung und das wollte sie nicht zeigen, aber es gab damals kein Mittel dagegen. Mit den Jahren verlor sich dieses Phänomen. Bis es dann zurückkehrte und zwar an dem Tag, als sie

Max unerwartet vor dem Café getroffen hatte. Gut, dass Max mit seinem Motorrad beschäftigt war.

Sie holte ihre Sachen für den Strand, verabschiedete sich von Daria und den Kindern und stieg zu ihm aufs Motorrad. Da es ihre erste Fahrt auf einem Motorrad war, suchte sie nach einem Griff zum Festhalten. Da sie keinen fand, nahm sie zaghaft einen Zipfel von seinem Hemd. Als Max sich allerdings in die erste Kurve legte, durchfuhr sie ein Schrecken und sie warf ihre Arme um seinen Bauch. Die Berührung war ihr im ersten Moment peinlich, doch jetzt, wo sie ihn umarmte, ließ sie es sich gefallen, fühlte ihn und schloss die Augen.

Vor zwei Tagen hatte sie noch frische Brötchen von Bäcker Balke um die Ecke geholt und nun tuckerte sie auf einem Motorrad über die sandigen Straßen von Aruba unweit von Venezuela. So sah also ein Traum aus, wenn er Wirklichkeit wurde. Dass sie ihren Traum lebte, glaubte sie daran zu erkennen, dass sie keinen Traum mehr hatte. Im Traum hatte man keinen Traum. Was sie gerade erlebte, war das höchste der Gefühle. Sie schmiegte abwechselnd ihre Wangen an seinen warmen Rücken. Da gab es vielleicht doch noch einen Traum, aber der sollte noch warten.

Max wollte ihr seine Bucht zeigen, dort, wo er als Kind oft gespielt hatte, ganz in der Nähe seines Elternhauses.

„Nah, was sagst du?", rief er ihr zu, als sie in eine Straße aus Beton einbogen.

„Ich seh nichts. Wo ist das Meer?"

„Das denken die Touristen auch und fahren weiter. Fehler! Komm, steig ab! Wir werden ein bisschen laufen."

Sie kletterten über einen Stacheldrahtzaun. Max hielt den Draht herunter und sie stützte sich an seiner Schulter ab. Dann gab er ihr seine Hand, damit sie die Balance nicht verlor. Als sie sicher auf der anderen Seite war, hielt er ihre Hand noch für einen kurzen Moment. Mara war das nicht entgangen. Dieser kurze Moment reichte, um ihr Herz erneut zu alarmieren.

Sie schlängelten sich an stechenden Sträuchern vorbei, bis sie an einen Weg kamen, der zu einem Bretterverschlag führte. Max strahlte vor Stolz.

„Früher war das alles kreuz und quer zugewachsen, nur ein paar Jungs und ich kannten den schmalen Pfad bis zum Strand. Komm, dort hinter dem kleinen Hügel wartet das Paradies auf dich!"

Mara hatte sich das Paradies immer ganz naiv vorgestellt, ähnlich dem Schlaraffenland, wo es eine unbegrenzte Auswahl von leckeren Speisen gab. Hinzu kam im Paradies wie im Himmel, dass es nie langweilig wurde. Wie das allerdings gehen sollte, konnte sie sich nicht erklären.

Mara stand plötzlich da wie gebannt, konnte es nicht fassen. Eine Hufeisenbucht lag vor ihnen, gesäumt von steilen Felsen rechts und links, an denen die schönsten Blumen rankten, prächtig in ihrer Farbe, elegant im Wachstum, ergreifend in ihrer Schönheit. Die Natur übertraf sich selbst. Einige Pelikane fischten unweit des Strandes. Ungestüm stürzten sie ins Wasser. Puderzuckerstrand, vereinzelte Palmen mit Kokosnüssen und ein Meer, wie aus einer Zauberwelt, unwirklich blau, türkis und voller Geheimnisse.

Mara wollte alles, alles sofort, riss sich die Kleider vom Leib und lief zu den seichten Wellen, die gemächlich über den weißen Sand ans Ufer krochen. Doch dann hielt sie mitten im Laufen inne und fragte Max, ob es dort Haie gäbe. Er lachte sie aus, lief an ihr vorbei und glitt wie eine Robbe durchs Wasser. Einige fliegende Fische schossen neben ihm in die Luft. Da verschwand auch Maras Bikinioberteil im Wasser. Sie tauchte einige Male ab, um sich zu vergewissern, dass keine Ungeheuer nahten. Gegen einen Delfin hätte sie nichts einzuwenden gehabt. Die Landschaft unter Wasser war unvergleichlich schöner als über Wasser. Keine Pinsel der Welt würden je solche Farben auf eine Leinwand malen können. Es gab nicht ein Blau, sondern hunderte Blau, hunderte Gelb und tausend Blaugelb. Max kam zu ihr geschwommen und reichte ihr die Hand. Er zog sie an sich und flüsterte ihr ins Ohr.

„Schwimm mir hinterher! Ganz ruhig, dann zeig ich dir einen wunderschönen Seestern." Eine Minute später sagte er:

„So, jetzt abtauchen. Nimm meine Hand!"

Sie tauchten gleichzeitig unter.

Mara schaute sich um und erstarrte plötzlich vor Schreck. Zwei teuflische Augen fixierten sie und ein geöffnetes Maul mit langen spitzen Zähnen darin, war bereit, sie in ihre Waden zu beißen. Nur wenige Meter entfernt stand ein Barrakuda still im Wasser und musterte seine Besucher. Mara riss sich von Max los, schoss aus dem Wasser und rang nach Luft. Hektisch schwamm sie ans Ufer, immer im Glauben, der Fisch eile ihr nach und bisse sie ins Bein.

Max folgte ihr und lachte sie aus.

„Du Schwein!" Sie bewarf ihn mit nassem Sand. Er tauchte ab. Außer Atem und mit prickelnd roter Haut blieb sie im seichten Wasser liegen. Max legte sich zu ihr und reichte ihr einen goldgelben Seestern mit roten Punkten. Mara war fasziniert von seiner Schönheit.

Sie cremte sich ein und legte sich unter einen Dividivi Baum, der nahe eines großen Felsens stand. Eine kleine grüne Eidechse kletterte senkrecht bis zur Spitze des Felsens und schaute sie von oben an. Ihre lange Zunge schnellte blitzschnell hervor, als wollte sie etwas Unsichtbares aus der Luft einfangen. Mara rückte ein kleines Stück vom Felsen weg. Sie wollte nicht, dass ihr die Eidechse auf den Kopf fiel.

Sie sah Max neben sich im Sand liegen. Er hatte die Augen geschlossen. Sein athletischer Körper glänzte von den vielen kleinen Wassertropfen und an den Seiten klebte der weiße Sand an seiner schwarzen Haut. Ihn so ungeniert anzusehen, weckte die Lust, mehr von ihm zu wollen, ihn zu berühren, nur streicheln und vielleicht einen Kuss.

Sie schloss die Augen, atmete tief durch und ließ sich dann in die Stille der himmlischen Umgebung fallen. Sie hätte diesen Ort der Schönheit und des Friedens ohne Max nicht gefunden und auch nicht so genießen können. Er sorgte dafür, dass sie sich ganz frei fühlen konnte.

Ob sie sich gerade in Max verliebte? Die Umstände konnten nicht einladender für die Liebe sein. Von Anfang an hatte sie seine achtsame Distanz ihr gegenüber gemocht. Er drängte sich nicht auf, ließ ihr Zeit allein zu genießen und wenn sie es wollte, war er für sie da.

Wartete er etwa auf sie, dass sie den ersten Schritt machte? Das würde einem echten Mann, wie Max es war, nicht zu Gesicht stehen. Er kannte die Regeln, aber sicher hatte er seine ganz persönliche Methode. Er lag dort und träumte seine eigenen Träume. Zu gern hätte sie gewusst, ob sie darin vorkam.

ERDE

Daria hatte alle Hände voll zu tun. Eine Hochzeit in der Nachbarschaft garantierte ihr viele gesprächige Kundinnen. Mara hatte beobachtet, dass die schwarzen Frauen ständig miteinander sprachen, keine Sekunde verging ohne Gesten oder ein lautes Gelächter. Die Frauen hier kicherten nicht. Sie lachten laut und ausgiebig und riefen ihre Kommentare und witzigen Bemerkungen in die Runde, wie es Zuhause die Männer taten.

Daria hatte ein hübsches Gesicht und einen relativ normal gebauten Oberkörper, aber ihre Proportionen an den Beinen und am Po, die waren gewaltig. Die Form ihres Hinterteils war so rund und prall, als hätte sie zwei Fußbälle in der Hose. Ihre Beine glichen stabilen Holzfällerbeinen. Wozu brauchte eine Frau ein so massives Unterteil? Daria trug ihre prallen Formen mit Stolz. Nicht nur, dass sie mit ihrem Po auffällig herumwackelte, sie trug auch noch enge Shorts aus Stretchfaser. So gesehen wurde den Männern der Mund ganz schön wässrig gemacht. Aber es gab auch solche Frauen, besonders die Nachbarinnen, die in lange Gewänder gekleidet waren.

Daria setzte sich zu Mara an den Tisch im großen Sandkasten. Vor ihr lag ein kleines Buch.

„Was liest du?", fragte Mara.

Daria schob das Buch zu ihr. Sie öffnete es und las leise für sich:

Und da ich zu euch kam Brüder, trat ich nicht mit überlegener Rede und Weisheit auf, da ich euch Kunde brachte vom Zeugnis Gottes. Denn ich hatte mir vorgenommen, nichts anderes zu wissen, als Jesus Christus, und diesen als Gekreuzigten, damit euer Glaube sich nicht gründe auf Weisheit von Menschen, sondern auf Kraft von Gott.

Mara schaute auf den Titel: THE NEW TESTAMENT

Das Buch sah abgegriffen aus, voller Eselsohren und Fettflecken.

„Liest du das ganz von vorne bis hinten durch?", fragte sie unsicher.

„Was denkst du, wozu ein Buch da ist? Fängst du in der Mitte an?"

Darias Tonfall ließ Mara aufmerken. Offenbar hatte sie einen wunden Punkt angesprochen.

„Das war eine dumme Frage von mir. Ich dachte nur ..."

„Wie war's mit Max?", lenkte Daria ab. „Hat er dir die Exklusivrechte von Paradise Beach angeboten? Es ist seine Bucht, denkt er. Seit der Aufforstung gehört sie ihm wahrscheinlich tatsächlich. Die haben die Bucht für ihn eingezäunt. Früher pilgerten täglich Scharen von Touristen dorthin."

Mara wich der Frage nach ihrem Badeausflug mit Max aus. Über ihre Gefühle zu Max wollte sie nicht sprechen, wusste sie selber doch noch nicht, was genau sie für ihn empfand. Außerdem wollte sie nichts falsch machen, denn den Grund für die Streitigkeiten zwischen Max und Daria kannte sie immer noch nicht.

„Max hat mir was von einer Beachparty auf der anderen Seite der Insel erzählt. Da kämen extra Leute von Venezuela mit Booten rüber. Wir gehen heute Abend hin. Willst du nicht mitkommen?"

Ein Schatten legte sich auf Darias Gesicht.

„Schwester, du bist alt genug. Wenn du unbedingt dem Teufel begegnen willst. Ich werde dich nicht zurückhalten."

„Jetzt machst du mir Angst. Was ist falsch an dieser Party?"

„Vielleicht nichts. Vielleicht alles. Es kommt darauf an. Schwester, ich kenne dich nicht gut genug."

„Aber ich geh doch mit Max dort hin."

„Mit dem Jaguar oder dem Schaf?"

„Was meinst du?"

„Menschen haben zwei Gesichter, Schwester, und wenn der Teufel mitspielt, kannst du damit rechnen, dass du lauter falsche Gesichter zu sehen bekommst. Und der Teufel wird da sein. Das versprech ich dir."

„Was meinst du mit Teufel?"

„Der Teufel hat überall seine Hand im Spiel, Liebes, zum Beispiel beim Alkohol oder beim Geld. Er wird sich dir nicht zeigen, aber glaube mir, er ist da. Es gab

Leute, die haben ihn gesehen, Luzifer, den Höllenwächter. Kleines, dort laufen abgedrehte Typen rum. Du wirst einige Latinos sehen, wenige Schwarze. Die kommen vom Festland, Indios aus einer anderen Kultur. Die bringen ihre toten Ahnen und eine Menge Zauberzeug mit."

„Aber ist die Party denn nicht offiziell? Ich meine, da kommen doch Touristen hin. Was kann da schon schief laufen? Ihr seid doch ein zivilisiertes Volk. Vieles, was ich sehe, kommt mir aus Europa bekannt vor."

„Schwester, deine Augen sehen nicht die Wirklichkeit. Du kommst aus Europa. Unsere Familien blicken zurück auf Sklaverei und Folter. Die Indios haben grausame Schicksale erlitten. Ihre Tradition ist vermischt mit dem Satanischen. Offiziell sind sie katholisch, aber sie pflegen das Okkulte. Was am Ende zählt, ist das Geld. Oder glaubst du, die kommen zu uns auf die Insel, um dir die wunderschöne Welt der Karibik zu versüßen? Für die war das Leben nie süß. Und wenn du glaubst, dass Sonne und Meer uns entschädigen, hast du dich gewaltig getäuscht."

Daria hätte Mara mit ihren eindringlichen Worten beinahe umgestimmt, aber da kreuzte plötzlich Max auf und setzte sich zu ihnen. Daria stand demonstrativ auf, warf ihm einen abfälligen Blick zu und ging.

„Was hat sie dir erzählt?", wandte er sich an Mara.

„Sie hat mich vor der Party gewarnt."

„Ach, die alte Hexe macht nur auf Gewitter, weil sie selber mal versackt ist. Du kannst den ganzen Abend tanzen, nur tanzen. Ob du was trinkst, liegt bei dir. Komm, wir lassen uns die Laune nicht verderben! Ich hol dich um acht ab. Bring etwas Geld mit. Die wollen 30 Dollar Eintritt." Max streifte mit seiner großen Pranke über Maras Kopf und nannte sie ‚Baby Queen'.

Das gefiel ihr. Auf einmal kam ihr Darias Gerede übertrieben vor, schließlich war sie erwachsen und hatte Max an ihrer Seite. Sie würde sowieso nicht kneifen. Die Party war längst beschlossene Sache. Ein Mann wie Max gab ihr das Gefühl beschützt zu sein. Er war ihr Gentleman. Kaum war Max gegangen, kam Daria zurück.

„Hier nimm das! Das kühlt. Du wirst es brauchen. Es ist ein altes Hausmittel."

„Jetzt wo du es sagst, merke ich, dass meine Haut anfängt zu glühen."

„Und das trägst du heute Nacht! Es wird dich beschützen."

Daria gab ihr ein dünnes Lederriemchen mit einem Amulett daran.

„Das Amulett wird die bösen Geister fernhalten."

Für Daria war die Sache damit erledigt. Sie wechselte das Thema. Maras Haare hatten sie von Anfang an fasziniert.

„Trägst du nie ein Haarteil oder eine Perücke?"

„Nein, darauf käme ich nicht", antwortete Mara verwundert. „Das machen die Frauen bei uns selten, vielleicht zu Karneval."

„Hast du Lust, welche auszuprobieren? Wir haben Zeit. Max holt die Mädchen von den Eltern ab. Das kann dauern."

Mara war überglücklich mit Daria ungestört plaudern zu können. Noch nie hatte sie sich so unkompliziert angefreundet. Das Fremde an Daria hatte eine magische Wirkung, die sie immer wieder aufs Neue begeisterte. Mit ihr war alles so leichtfüßig, als wäre sie tatsächlich schon immer ihre Schwester gewesen.

Die beiden Frauen gingen in die Frisierecke, die mit einem Vorhang von der Küche abgetrennt war. Daria holte eine schwarze Afrolook Perücke, die ihrer Frisur genau glich. Mara ahnte, was nun passieren sollte. Kaum hatte Daria ihr die Perücke aufgezogen, schrie Mara los. Das sah mehr als komisch aus. Zu ihrer Überraschung zog sich nun Daria eine Perücke mit kurzen blonden Haaren auf. Es dauerte, bis alle schwarz-krausen Haare unter der blonden Haube verschwunden waren. Daria sah toll darin aus. Beide Frauen schauten die andere im Spiegel an und dann mussten sie lachen.

„Du bist wunderschön", sagte Mara.

„Und du wirst den Inselmännern den Kopf verdrehen. Die halten dich für einen Goldengel, der aus den Himmelsgewölben einer Kathedrale entflogen ist.

Mara wünschte sich nichts lieber, als Daria mit auf die Strandparty zu nehmen.

„Komm mit heute Abend! Wir ziehen die Perücken auf und bleiben die Nacht zusammen. Bitte, wir machen uns den Spaß, egal was die anderen tun, bitte komm mit."

Daria schien nicht beeindruckt.

„Ich trinke keinen Alkohol, wenn mein Mann nicht zu Hause ist und Partys kommen überhaupt nicht infrage. Ich werde keine Nacht ohne Maria und Theresa verbringen, bis sie selber auf sich aufpassen können. Ich werde widerstehen, Liebes. Gott ist bei mir und gibt mir Kraft."

Augenblicklich tat es Mara leid, sie gefragt zu haben. Der Sonnenschein, der diese Insel und sein Volk so reichlich beglückte, strahlte seit Maras Ankunft unermüdlich in ihr Herz, das vor Freude überschlug. Die Wirklichkeit von happy Island musste sie allerdings erst kennenlernen, das wusste sie. Daria konnte keine bessere Partnerin sein. Von ihr würde sie lernen, wie die Menschen an einem ganz anderen Ort der Welt über Liebe dachten und wie sie diese Liebe lebten. Vielleicht würde sie hier ihr neues Glück finden. Diesmal wollte sie jedoch vorsichtiger sein, als damals bei Maddy und Irland. Daria würde ihr die Wahrheit sagen, echt und geradeaus. Mara wagte eine private Frage.

„Eigentlich geht es mich nichts an, aber wie hältst du es aus, dass dein Mann so lange von dir weg ist?"

„Wenn jeden Monat Geld kommt, halte ich es aus. Maria und Theresa sind mein Leben. Sie sind mein Licht und meine Hoffnung. Er kommt zweimal im Jahr. Wir telefonieren. Er will immer, dass ich ihm Bilder von den Mädchen schicke."

„Liest du in dem kleinen Buch auch deswegen?"

„Weswegen?"

„Damit du es leichter ertragen kannst."

Daria schaute wie eine Predigerin, die nichts erschüttern konnte.

„Seitdem ich mit den Mädchen schwanger war, hat sich mein Leben geändert. Ich habe sie vom ersten Moment an geliebt. Damals habe ich mich über meine Liebe zu ihnen sehr gewundert. Ich wusste nicht, dass ich so viel Liebe in mir hatte. Männergeschichten und Drogen zählten nicht mehr. Ich hatte eine neue Liebe entdeckt, die zu meinen Kindern."

Daria warf Mara einen prüfenden Blick zu, als traute sie ihr nicht, die volle Tragweite ihrer Situation zu begreifen.

„Das Buch hilft mir, jeden Tag aufs Neue, zu mir selbst zu finden. Es gibt Zeiten, an denen ich alles hinschmeißen möchte, dann können auch Maria und Theresa mir fürchterlich auf die Nerven gehen. Wenn ich alles verfluche und merke, dass ich nicht weglaufen kann, dann hilft mir das Buch, meine Melancholie wegzufegen. Es spielt sich alles nur in meinem Kopf ab, sage ich mir und lese nachts stundenlang. Das Lesen bringt mich wieder runter auf die Erde, zu mir, zu meinen Kräften. Dich hat vorhin eine Seite darin interessiert. Kannst du dich noch erinnern, was dort gestanden hat?"

„Mir fällt nur noch das Ende ein. Es ging darum, dass der Glaube sich nicht auf die Weisheit von Menschen stützen soll."

„Und was sagt dir das?"

„Nun, das, was es sagt, dass der Glaube nicht auf Weisheit beruhen soll. Aber worauf sonst? Ich würde einem weisen Menschen schon eine Menge mehr glauben als einem Dummkopf."

„Der Glaube, meine liebe Schwester, ist dein eigener Weg, deine Verbindung zum Universum, zu Gott und den Engeln. Diesen Weg erkennst du nicht durch Weisheit, noch erfährst du ihn von Leuten, die sich Gelehrte nennen. Du musst in dir selber suchen."

Mara fühlte sich an Paul erinnert. Er würde auch an die eigenen Kräfte appellieren. Immer wieder liefen alle Wege auf das Innere, das Eigene des Menschen zu. Dort sollte sie nach Glück und Liebe suchen.

„Ich habe vor Jahren viel von einem Medizinmann gelernt", fuhr Daria fort. „Er kam aus Peru. Eigentlich sollte ich es dir nicht sagen, aber ich habe ihn auf einer dieser Beach Partys getroffen. Je mehr ich mich ihm anvertraute, umso mehr wichen meine schlechten Gefühle. Ich verschmolz mit dem Moment und fühlte eine blühende Zuneigung und Zärtlichkeit für alles Lebende. Seit diesem Erlebnis weiß ich, dass die Liebe aus dem Glauben an mich selber kommt. Ich fühlte, wie mein Herz alle Menschen, alle Tiere und alle Dinge berührte und sie zu neuem Leben erweckte. Natürlich lebten sie auch ohne mich, aber ich hauchte ihnen durch meine Liebe ein zusätzliches Leben ein. Sie lebten in mir. Und weißt du, was ich glaube, Schwester, in diesem Teilen liegt die ganze Wunderkraft des Lebens. Das ist, was ich Liebe nenne. Und weißt du, was ich noch glaube?"

Mara spürte, wie Daria aus tiefster Überzeugung sprach. Ihre Augen leuchteten und ihre Stimme wurde klarer und eindringlicher.

„Je mehr wir dieses Teilen verstehen, desto mehr lieben wir. Ich habe die Liebe gefühlt, weil ich mich geöffnet habe und dabei fiel mir etwas auf. Die Liebe verriet mir ein Geheimnis: Die Liebe kommt nicht zu dir, wenn du es willst, sondern nur wenn du für sie bereit bist. Sie versteckt sich. Wenn du allerdings merkst, dass du alles teilen möchtest, dann ist sie bereits da."

Mara wurde sofort hellhörig. Im Gespräch mit der alten Dame im Stadtcafé war sie auch darauf gestoßen, dass die Liebe sich versteckt. Auch Paul hatte geschrieben, dass die Liebe sich gerne verbirgt. Und nun sagte Daria das Gleiche. Die alte Dame hatte vom

‚heiligen Weg' der Liebe gesprochen. Das klang alles fürchterlich aufregend. Daria fuhr fort.

„Das Geheimnis der Liebe zeigt sich uns nur, wenn wir uns öffnen. Noch Tage danach war ich ergriffen, aber dann verlor ich allmählich das Gefühl. Bei Maria und Theresa ist das anders, für sie hab ich immer ein Gefühl der Liebe."

„Warum ist es so schwierig, diese Quelle zu finden, Schwester, oder ist das eine dumme Frage?"

„Weil wir eine Mülldeponie davor aufgebaut haben, Liebes. Deswegen können wir uns nicht öffnen und deswegen kann die Liebe nicht kommen."

„Was meinst du genau damit?"

„Sieh mal, wir hüten unseren Psycho-Müll wie einen Schatz. Aus lauter Angst vor noch mehr Müll machen wir genau das Falsche, wir beschäftigen uns damit. In Wahrheit produzieren wir so zusätzlichen Müll. Wenn mein Mann heimkommt, lädt er seinen Müll bei mir ab und ich meinen bei ihm. Dann beschäftigen wir uns mit dem Müll, bis er wieder fährt. Sage mir einen guten Grund, warum wir es vorziehen, unseren Müll zu sortieren, statt uns zu lieben?" Daria machte eine Pause und legte beide Hände auf das kleine Buch.

„Mittlerweile kenne ich meine Deponie sehr gut", fuhr sie fort. „Kränkungen, Ärger und Enttäuschungen begleiten mich täglich. Hinzu kommt meine Aufgabe, die Kinder und mich zu schützen und dafür zu sorgen, dass wir über die Runden kommen."

Mara hatte verstanden. Daria fuhr ihr durch die Haare, als wollte sie ihr Trost spenden.

„Was glaubst du, Kleines, warum wir Frauen uns so sehr einen richtig tollen Mann wünschen?", fragte Daria.

„Ich kenne keinen. Aber ich wüsste schon, wie er sein sollte."

„Ich verrate dir warum. Ich muss dich schon sehr mögen, denn ich spreche sonst mit niemandem über diese Dinge. Wir Frauen sind auf besondere Weise mit der Erde verbunden. In uns ruht das neue Leben. Wir müssen den Anfang machen. Die Männer waren auf andere Weise mit der Erde verbunden, doch ihnen geht diese Verbindung allmählich verloren. Zu lange haben wir mitangesehen, wie sie die Erde zerstören."

Einen Moment musste Daria überlegen und Mara war gespannt, ob sich Daria noch zu den tollen Männern äußern würde.

„Ein richtig toller Mann wäre einer, der echt ist und nicht dem Männerwahn von Macht und Konkurrenz verfallen ist. Also, ich meine einen, der keine Rollen spielt, nur um männlich zu sein. Eben ein Mann, der keine Angst hat, er selbst zu sein. Nah, so ganz genau weiß ich es auch nicht. Aber du verstehst, was ich meine, oder?"

„Ich glaube, dich sehr gut zu verstehen", lächelte Mara. „Männer haben viele wunderbare Qualitäten, aber die kommen nicht zum Vorschein, weil sie glauben, sie müssten anders sein, als sie sind. Ich denke, Männer wissen gar nicht, wie toll sie sind. Ihnen werden falsche Ideale abverlangt und damit büßen sie ihre Echtheit ein."

Keine echten Männer – keine echte Liebe, dachte Mara und das bedeutete, dass wahre Liebe das Echte eines Menschen verlangte. Es gab also einen klaren Unterschied zwischen der wahren und der falschen Liebe.

„Glaubst du, wenn wir alle nur ein Gesicht hätten, uns also nicht verstellen könnten, dass wir uns alle mehr lieben würden?"

„Gewiss, wir wären alle glücklicher."

Es waren genug Worte gefallen. Sie nahmen sich die Perücken ab. Daria nahm Mara in die Arme und hielt sie ganz fest. Für Mara bedeutete dieser Moment eine wunderbare Erfahrung. Noch nie hatte sie eine andere Frau so angefasst und in ihre Berührung so viel Zärtlichkeit und Liebe hineingelegt.

„So, und nun mach dich fertig für die Party!", stichelte Daria und löste damit die andächtige Stille zwischen ihnen auf.

Mara war wie verzaubert.

„Woher weißt du all das? Ich würde so gern mehr von dir lernen." Am liebsten wäre sie jetzt nicht mehr zur Party gegangen.

„Liebes, mach deine Erfahrungen und bleib dir treu. Ich sehe in deinen Augen, dass du deinen eigenen Weg finden wirst. Darum mag es gut sein, wenn du heute Abend dein Innerstes nach außen kehrst. Es wird dich schon nicht umbringen. Geh nur, Schwester, und folge deinem Herzen."

WOODOO

Daria hatte ihr geraten, eine lange Hose anzuziehen, da es am Strand sehr windig sein konnte. Sie war froh, diesem Rat gefolgt zu sein. Ihr Sonnenbrand ließ sie zeitweise an manchen Körperstellen frieren und auch auf der Hinfahrt mit dem Motorrad war es ihr kalt geworden. Als sie ankamen, ließ sie sich gern von Max an die Hand nehmen. So sahen die anderen Partygäste, dass sie nicht als Freiwild kam. Eine Steelband spielte auf einem hölzernen Podium, das neben einer provisorischen Bar stand. Einige Fackeln brannten am Strand unten beim Wasser und beleuchteten die weißen Schaumkronen der Wellen. Alles sah so aus wie aus dem Reisekatalog.

Das Publikum bestand aus Weißen und Farbigen. Einige Schwarze standen an der Bar direkt unter einem Lautsprecher, lachten und hatten eine Menge zu reden. Überall trugen sie golden Schmuck, der im Abendlicht an die Geschmeide aus der Inkazeit erinnerte. Mara fiel auf, dass die Männergruppe sich anders verhielt als europäische Männer. Die ganze Gruppe war ständig in Bewegung, als tanzten sie zu dem, was sie sagten.

Sie und Max hatten sich gerade mit ihren Drinks an einen freien Tisch gesetzt, da kam ein junger Farbiger und setzte sich dazu. Obwohl es dämmrig war, trug er eine Sonnenbrille. Wie bei der Begegnung mit Jackson taten beide Männer sofort, als seien sie die besten Freunde. Mara verstand nicht, was sie redeten. Es machte auch keinen Sinn, ihre Gesten zu interpretieren. Das Fremde war noch zu faszinierend, als dass sie es verstehen würde. Dann fragte der Mann Mara, ob sie tanzen wolle. Sie hatte noch nie mit bloßen Füßen im Sand getanzt. Auch ein kleiner Traum von ihr, den sie sich auf dieser Reise erfüllen wollte. Sie sah Max kurz an. Der regte sich nicht. Sie willigte ein. Sie gingen zur Steelband und tanzten. Nach zwei Minuten entfernte sich der Mann, der sich mit Didi vorgestellt hatte, und kam mit einem Schnapsglas zurück. „Willkommensgruß", grinste er und machte eine Handbewegung, mit der er andeutete, wie ein solcher Willkommenstrunk heruntergekippt wurde. Mara nippte mit den Lippen an der bläulichen Flüssigkeit und spülte dann den Inhalt des Pinnchens in einem Schluck hinunter. Nach ein paar Wortwechseln ging Didi erneut an die Bar und kam mit einem zweiten Willkommenstrunk zurück. Mara gefiel seine heitere Art und die Freizügigkeit, mit der er ihr Komplimente machte. Er machte nicht nur ein Kompliment und glaubte dann, wie die deutschen Männer, dass ihnen die Frau ohnmächtig in die Arme fallen müsse. Er überhäufte sie mit schönen Worten über ihren Mund, ihre Augen und natürlich über ihre Haare. Er redete wie ein Wasserfall, hatte ständig ausgefallene Ideen parat und versprühte Ausgelassenheit pur, wobei er sich nicht scheute, ihr charmante Angebote zu machen, die alle darauf hinausliefen, sie gerne ganz privat kennenlernen zu wollen. Mara ging jedoch auf keinen seiner Vorschläge ein, bedankte sich und wollte zu Max zurückgehen.

Inzwischen waren zahlreiche Gäste eingetroffen. Sie konnte Max nicht sehen. Der Tisch war von zwei Pärchen besetzt worden. Keine Spur von Max. Ein Schrecken fuhr ihr in die Glieder. Ihr Herzschlag pochte bis in den Kopf, der ohnehin vor Hitze glühte. Dann sah sie einen Mann an der Bar, der ein Bierglas hochhielt. Es war Max. Er stand dort und hatte sie beobachtet.

„Du Mistkerl!", schimpfte Mara. „Lass mich hier nicht allein. Eine Frau kannst du nicht abstellen wie dein Motorrad."

„Schon okay, Engel. Du hast dich gut durch die erste Runde geboxt. Ich kenne Didi. Der reißt dir deine Flügel nicht aus. Hüte dich vor den anderen Didis heute Nacht. Didi hat dir zwei Drinks spendiert. Glaubst du, das tut er ohne eine Gegenleistung?"

Max zog die Augenbrauen hoch und neigte seinen Kopf in die Richtung einer Gruppe von Einheimischen.

„Da irgendwo sitzen ein paar Gangster, die solche Typen wie Didi vorschicken, um Frauen wie dich, weich zu kochen. Sind die Frauen gefügig, kommen die Gangster aus ihren Löchern und lecken die Sahne ab."

„Du meinst dieser Didi hat nur mit mir geflirtet, weil da ein anderer sitzt und scharf auf mich ist?"

„Hat er dich dazu gebracht, zwei Drinks zu nehmen? Später werden es mehr. Du kennst ihn jetzt. Deine Hemmschwelle ist ein Stück gesunken. Du würdest wieder mit ihm tanzen oder dich mit ihm an den Strand setzen und vielleicht etwas nehmen. Bist du dann zu mehr bereit, kommt einer von den Kerlen und nimmt seinen Platz ein. Die haben das Geld. Didi ist käuflich. Er verkauft dich für 20 Dollar. Auch wenn er sich bei dir die Zähne ausbeißt, es gibt Frauen, die auf diese Masche reinfallen."

„Das meinte Daria also mit Teufelei", sagte Mara und schaute zu Didi herüber.

„Da wär ich mir nicht sicher. Wenn Daria vom Teufel spricht, dann meint sie ihn persönlich."

„Außer Didi und seinen Leuten seh ich keinen Teufel."

„Na, dann ist er wohl noch nicht da", sagte Max, ohne eine Miene zu verziehen.

Mara brauchte einen Moment Bedenkzeit. Sie wollte sich von Max nicht einschüchtern lassen. Dass er für diese Nacht ihr Beschützer sein würde, daran zweifelte sie nun. Wollte Max sie testen, ob sie geeignet für das Inselleben war? Um sich abzulenken, fragte sie ihn nach einem kühlen Bier. Er brachte zwei eisgekühlte Carib Lager. Mara hielt sich ihre Flasche an die glühenden Wangen und seufzte vor Gefallen über die Abkühlung.

„Was ist eigentlich in diesem Trunk, den Didi mir gegeben hat?"

„Rum mit Zucker und eine Spur Kakao."

„Scheiße! Verdammt! Jetzt krieg ich die Allergie bestimmt im ganzen Gesicht."

„Das macht nichts", sagte Max mit einem breiten Lächeln. „Du bist ohnehin rot wie ein Krebs. Wenn sich später deine Haut pellt, fallen die roten Flecken mit ab."

„Sag das bitte nicht. Sieht man das jetzt schon?"

„Heute Abend sieht das niemand. In der Dunkelheit fällt das nicht auf. Du bist mit Abstand die Schönste hier. Nur Schneewittchen hinter den sieben Bergen ist noch tausendmal schöner als Ihr."

„Denkst du dabei an ein bestimmtes Schneewittchen? Hast du etwa doch eine heimliche Freundin?"

„Sie ist zierlich und doch proportioniert, hat goldgelocktes Haar und wie es schöner nicht sein könnte, eine bleiche Haut, als wäre sie durch eine weiße Wolke gefallen. Ihr runder, prallen Hintern verlockt zum Reinbeißen und ihre Figur macht Stielaugen."

Dieses Kompliment traf sie unvorbereitet. Seine Worte erzeugten eine plötzliche Nähe, die sie nicht einordnen konnte. Im Grunde bedeuteten sie eine halbe Liebeserklärung. Sie schaute Max mit einem süffisanten Lächeln an. Er lehnte gelassen an der Holzfassade der Bar und prostete ihr zu.

„Ich hätte nicht gedacht, dass du dich so schnell eingewöhnst. Du gefällst Daria und bist sehr lieb mit den Kindern. Das geht an einem Mann nicht spurlos vorbei. Du bist eine interessante Frau. Mir gefällt dein Mut, mal ganz abgesehen von deinen Qualitäten als Frau. Pass ein bisschen auf, heute Nacht. Du wirst sehr begehrt sein."

„An deiner Seite kann mir nichts passieren", hauchte Mara und fasste an seine Schulter, was sie sehr überraschte, denn sie war in Sachen Körperkontakt eher zurückhaltend. Es tat ihr aber dennoch gut, so spontan ihrem Instinkt gefolgt zu sein.

„Sei dir nicht so sicher, dass dir hier nichts passieren kann."

Er blickte aufs offene Meer und kniff die Augen zu Schlitzen zusammen.

„Dort kommt das erste Boot."

Mara suchte nach einem Licht oder einem ähnlich auffälligen Merkmal. Max zeigte ihr einen dunklen Fleck am dämmrigen Horizont. Ein langes, schmales Boot mit etwa acht Menschen löste sich aus den vagen Umrissen und näherte sich dem Strand. Kurze Zeit später luden einige Männer Stangen und Planen aus und errichteten ohne viel Mühe zwei Zelte. Einige Holzstangen mit geschnitzten Skulpturen an der Spitze wurden in einem Zirkel in den Boden gerammt. In der Mitte wurde ein Feuer entfacht. Ein zweites Boot landete. Einige Männer und Frauen stiegen aus und trugen allerlei Instrumente, zumeist Trommeln, zu den Zelten. Zwei schwere Kisten wurden an Land getragen. Darin, so erfuhr sie von Max, befanden sich alkoholische Getränke. Markenware, die von den USA nach Venezuela geschmuggelt wurde.

„Hüte dich vor den Drogen", warnte Max eindringlich. „Es wird sehr verlockend sein. Glaub mir, du wirst in Versuchung geführt werden."

„Niemals! Ich rühr das Zeug nicht an. Da kennst du mich aber schlecht. Einen geschmuggelten Drink würd ich dagegen nicht ablehnen."

„Die Leute werden sich volllaufen lassen", sagte Max abfällig. „Die Drinks kosten die Hälfte. Und weil sie vorher 30 Dollar Eintritt zahlen mussten, denken sie, das Geld durch viel Saufen wieder zurückzukriegen. Die Indios machen das große Geschäft."

„Dreht sich hier alles nur um Geld?"

„Es kommt darauf an, wer der geistige Kopf der Truppe ist. Ist es ein echter Medizinmann, könnte es eine unvergessliche Nacht für dich werden."

„Ist es jetzt schon. Ich kann das alles gar nicht in mich aufnehmen."

Dass sie von den Eindrücken überwältigt war, lag nicht zuletzt an Max, der sie mit einem so wunderbaren Kompliment überrascht hatte.

Eine Stunde später hatten sich alle Gäste um das Feuer versammelt. Die Steelband hatte eingepackt und die Bar wurde geschlossen. Es war um Mitternacht, als die ersten Trommelklänge durch den Feuerschein zu den Partygästen vordrangen. Die meisten hatten sich in den Sand gesetzt, andere standen in Grüppchen umher. Erst waren es nur zwei Trommler, dann drei und nach einer Zeit trommelten acht Männer einen Rhythmus, der Mara so faszinierte, dass sie meinte, ihr ganzer Körper vibrierte im gleichen Takt. Max hatte ihr einen Bacardi besorgt und trank selbst nur Bier. Mara fand das beruhigend. Sie wäre hier nicht ohne Max geblieben, obschon sie deutlich merkte, wie sie die Musik zunehmend fesselte und sie von einer verführerischen Lust gepackt wurde, bei allem mitzumachen, was sich an diesem Abend bieten würde.

Drei Frauen von den Booten fingen an zu tanzen. Sie hatten sich in traditionelle Kleider gehüllt, trugen auffällig bunten Schmuck und kleine Schellen an den Handgelenken und an den Füßen. Während sie tanzten, bewegten sie sich langsam um das Feuer herum. Sie sangen etwas, das sie regelmäßig wiederholten. Mara kannte die Sprache nicht, aber die Harmonie zwischen Trommelklang und Gesang stimulierte ihre Lust sich im Rhythmus mit den Tanzenden zu bewegen. Anders als normale Musik drangen die Klänge tiefer in ihren Körper und bemächtigten sich ihrer

Sinne. Fallen lassen, dachte Mara, nur fallen lassen. Max war doch bei ihr.

Ein beleibter Mann, der im Gesicht und am Oberkörper angemalt war, kam aus einem Zelt, setzte sich dazu und begann ebenfalls zu trommeln. Zwischendurch rauchte er. Die trommelnden Männer kauten etwas, jedenfalls bewegten sich ihre Kieferladen unaufhörlich. Der bekannte Duft von Haschisch zog an Maras Nase vorbei.

Die Atmosphäre änderte sich, als die ersten Gäste von den fünf Frauen zum Mittanzen aufgefordert wurden. Sie holten sich Männer und Frauen und hielten sie an den Händen fest, um sie in die richtige Rhythmik einzuführen. Sie zeigten ihnen, wie sie ihre Körper bewegen sollten, damit der Trommelklang sie inspirierte. Mara konnte es kaum erwarten, sich einzureihen. Sie fragte Max, ob er sie begleite. Er lehnte ab. Der Sand unter ihren Sohlen war wohltuend warm. Das lodernde Feuer spiegelte sich in ihren Augen. Die knackenden Holzscheite und die sprühenden Funken zogen all ihre Aufmerksamkeit auf sich. Das Trommeln hüllte sie ein, als würde sie unerreichbar für das Leben, das gerade noch so aufregend gewesen war. Im Tanz verschwanden ihre Gedanken und mit ihnen Vergangenheit und Zukunft. Nach einer Weile ließ sie sich erschöpft neben Max in den Sand fallen. Sie trank hastig von seinem Bier.

„Das ist Wahnsinn. Ich war komplett dem Tanz ausgeliefert und nun kann ich nicht mehr. Holst du uns noch ein Bier?"

Max sagte nichts und ging. Mara schaute herüber zu dem Medizinmann, der nicht mehr trommelte, sondern mit einem Gast sprach. Andere Gäste gruppierten sich um den Medizinmann. Auch sie wollten anscheinend mit ihm sprechen.

Als Max zurückkam, fragte sie ihn nach einer Erklärung.

„Was machen die Leute dort?"

„Du kannst auch hingehen. Du darfst eine Frage stellen und der Alte wird sie beantworten, auf seine Weise."

„Ich würde schon gerne zu ihm gehen. Ich möchte ihn fragen, was Liebe ist und ob er auch glaubt, dass die Menschen sich oft belügen, wenn sie von der Liebe sprechen."

„Warum fragst du nicht mich?", sagte Max selbstgefällig. „Über Liebe kann man nur was lesen oder ein Theaterstück schreiben. Weil alle so scharf auf Liebe sind, sprechen auch alle darüber, als wüssten sie Bescheid. Aber sie ist ein Phantom, das andere in deinen Kopf pflanzen und du läufst wie ein dummes Äffchen hinterher."

„Das glaubst du?", staunte Mara. „Hört sich nicht so an, als wärest du ein Prediger für die Liebe."

„So habe ich die Liebe bisher kennengelernt, aber vielleicht kannst du mich ja bekehren, Prinzessin."

Das gefiel ihr besser und goss etwas Wasser auf das kleine Pflänzchen, was sich in ihrem Herz Licht für Max verschaffen wollte. Dieser Abend sollte ganz ihr gehören. Sie kannte keine Scheu mehr und ging allein zu den Tanzenden zurück. Als sie in der Nähe des Medizinmannes vorbeikam, tippte sie ein Weißer, der ziemlich alkoholisiert war, auf die Schulter.

„Willst du wissen, was ich ihn fragen werde? Der große Manitu wird mir verraten, wohin meine Frau mit dem Geld abgehauen ist. Danach könnten wir tanzen. Lauf nicht weg. Ich lass dich vor. Frag ihn, ob du und ich füreinander bestimmt sind. Frag ihn nach seinem Segen für uns."

Mara grinste verlegen. Für ihren Geschmack besaß der Mann ein bisschen viel schrägen Optimismus. Allerdings ließ sie es sich gefallen, den Vortritt zu bekommen. Als sie vor dem dickbäuchigen Mann im Sand Platz nahm, überkam sie ein nervöses Gefühl, als legte sich eine unsichtbare Glocke aus sensibler Energie über sie. Der Guru berührte ihre Stirn mit seiner Handfläche und forderte sie auf ihre Frage zu stellen. Unter dem Einfluss dieser magischen Schutzglocke fand Mara es schwierig, sich auf Worte zu konzentrieren. So stammelte sie etwas vom Geheimnis der Liebe. Dann trat große Stille ein und aus der Mitte dieser Stille kam die Antwort, als flöge ein Vogelschwarm auf sie zu. Der Mann nahm seine Handfläche von ihrer Stirn und in dem Moment kamen die Worte: „Geh zum Tanz, dort wirst du der Liebe begegnen."

Scheinbar willenlos, wie von einer fremden Kraft gelenkt, stand sie auf und bewegte sich in die Richtung der Tanzenden. Sie liebte es, den Sand zwischen ihren Zehen zu spüren und die Stimmen der Menschen um sie herum zu hören. Wie in Trance ging sie zwischen den Leuten umher und suchte Max. Der war aber nirgends zu finden. Diesmal regte sie sich nicht auf. Im Gegenteil, sie fühlte sich inmitten einer großen Familie. Sie nahm einen Schluck aus einem Becher mit Rum, der im Sand stand, und mischte sich wieder unter die Tanzenden.

Sie war immer eine begabte Tänzerin gewesen. Ihre Blicke klebten an den Frauen von den Booten. Ihnen wollte sie es gleichtun. Noch einige Male flogen ihr die Worte des Medizinmannes zu, dann tauchte sie in einen unbewussten Zustand. Nur noch schemenhaft nahm sie ihre Umgebung wahr. Sie bekam eine Gänsehaut am ganzen Körper und danach verschwommen alle Umrisse. Sie gehörte dem Tanz. Vereint mit einer intensiven Kraft, einer tief aus ihr aufsteigenden Energie, verlor sie jeglichen Bezug zur Außenwelt. Sie spürte eine fremde, neue Lust zwischen ihren Beinen, wie sie hochzog und ihre Vagina umfuhr und sich dann in ihrem Unterleib ausbreitete. Von dort zog das Kribbeln ihren Rücken hinauf, trat nach außen und erfasste alle Anwesende um sie herum.

Ektase hatte sie noch nie zuvor erlebt. So merkte sie auch nicht, dass die Gesellschaft der Tänzer immer kleiner wurde und am Schluss nur sie allein tanzte. Alle Gäste hatten sich um sie gruppiert, riefen und klatschten ihr zu, doch davon merkte sie nichts. Völlig entzaubert von allen weltlichen Bedrängnissen und Nöten, öffnete sich ihr Herz. Ihre Person schmolz dahin. Übrig blieb sie als die einzig, wahre Verkörperung der Liebe.

Der Medizinmann griff zur Trommel und erhöhte das Tempo. Mara bewegte sich mit letzten Kräften. Dann wurden die Trommelklänge leiser und leiser, bis sie verstummten. Sie sank erschöpft in den Sand, wo sie nach Luft ringend liegen blieb. Zwei Frauen halfen ihr hoch und stützten sie auf dem Weg zu einem der Zelte. Sie gaben ihr eine Art Tee. Langsam kam ihr Bewusstsein zurück. Die Frauen erklärten ihr, dass sie für diese Nacht vom Medizinmann zur Göttin des Tanzes auserwählt worden sei. Es sei nun Brauch, hieß es, dass sie neue Kleider bekäme und vorher gewaschen werde. Mara atmete heftig und nahm willenlos alles zur Kenntnis, sofern sie überhaupt Wert darauf legte, etwas zu verstehen. Sie hielt sich an einer Zeltstange fest, während die Frauen sie langsam auszogen. Ihre Hände glitten zärtlich um ihre Rundungen, streiften ihre Haare und ihr Gesicht.

Ihr Oberteil fiel zu Boden. Sanft streichelte eine der Frauen ihre Brüste. Die andere zog ihr den Slip aus und fuhr mit der Hand über ihren Po. Dann begannen die Frauen, sie zu bemalen. Mit ihren Fingerspitzen holten sie bunte Farbe aus schwarzen Töpfen und malten Ornamente auf ihren Körper. Immer wieder fuhren sie dabei über ihre harten Brustwarzen und streiften entlang ihrer Beine bis hin zu ihrem Geschlecht. Die Zeremonie ergriff von ihr Besitz. Sie sah sich auf einen Orgasmus zubewegen, den sie so noch nie erlebt hatte. War es Gott oder war es der Teufel, der in sie fuhr? Es war so mächtig und übernatürlich schön, dass ihre Sinne diesen Höhenpunkt nicht freigeben wollten. Minuten vergingen, in denen sie sich ihren ausklingenden Gefühlen weiter hingab.

Die Frauen streichelten sie. Sie erzählten ihr, dass andere Frauen an diesem Abend beim Tanzen einen Orgasmus gehabt hätten. Sie könnten es sehen und es sei nichts Ungewöhnliches für eine Frau. Maras Körper kam nicht wirklich zur Ruhe. Überall vibrierte und resonierte es. Als sie von den Frauen in ihrer traditionellen Kleidung mit Schellen an Händen und Füßen nach draußen geführt wurde, klatschten und grölten die Leute. Sie wurde zum Medizinmann gebracht, der sie innig umarmte und ihr etwas zuflüsterte.

„Wenn du die Liebe suchst, wirst du sie finden. Hast du sie gefunden, kannst du sie nie mehr verlieren. Sie ist die einzige Wahrheit und die wirst du nur in der Freiheit finden. Geh nun!"

Die Trommler begannen erneut und der Medizinmann setzte seine Audienz fort. Für einen Moment hielt sie Ausschau nach Max. Vergeblich. Leute kamen und forderten sie zum Tanzen auf. Jeder wollte sie bei sich haben. Von überall drangen Stimmen auf sie ein, Drinks wurden ihr angeboten und Freundschaften dazu. Mara trank und tanzte, tanzte und trank, bis sie irgendwann umfiel. Zwei Männer nahmen sie auf und legten sie einige Meter entfernt vom Trubel in den Sand.

ENTZAUBERUNG

Die Sonne hätte erbarmungslos ihre Haut verbrannt, hätte Max nicht eine Zeitung über ihr Gesicht gelegt. Er saß neben ihr, als sie aufwachte und erschrocken um sich schaute. Ihre weiße Hose lag im Sand. Ihr schwarzes Oberteil war verrutscht und ihr Bikinislip war notdürftig über ihren Po gezogen. Noch benommen rückte sie alles ordentlich zurecht und sah Max entsetzt an. Er hatte lächelnd zugesehen, aber sie fand ihre Situation gar nicht komisch. Ihr Kopf pochte vor Schmerzen und ihre Glieder fühlten sich an, als würde sie von einer schweren Grippe befallen sein. Eigentlich tat ihr alles weh. Schlimmer war allerdings der Verlust ihres Bewusstseins. Hatte der Teufel sie also doch erwischt? Ihr wurde beinahe übel, bei dem Gedanken, die Kontrolle über sich verloren zu haben.

„Was war los? War die Party gut?", fragte Max immer noch hämisch grinsend. Mara schämte sich, halb nackt von ihm gefunden worden zu sein. Vielleicht war sie völlig nackt gewesen und er hatte sie angekleidet. Max versuchte es erneut.

„Good morning, dancing Queen. Schon vergessen, dass du hier vor ein paar Stunden ein Erdbeben ausgelöst hast? Das war eine heiße Party und du der Mittelpunkt, nicht schlecht für den Anfang. Wie wär's mit frühstücken?"

„Sag mir bitte, was hier passiert ist?", flehte Mara mit verlegener, halblauter Stimme. Sie stand langsam auf und fasste sich an den Kopf. Wenn sie die vergangene Nacht doch nur ungeschehen machen könnte.

Max erzählte ihr, was er gesehen hatte. Scheibchenweise fügten sich lichte Momente der Erinnerung aneinander, Bilder, die sie lieber verdrängte. Sie wünschte sich nüchtern und befreit von dieser lähmenden Übelkeit. Ihre Körperbemalung war verschmiert und ihr Rücken schmerzte. Mit Schrecken dachte sie kurz daran, dass sie jemand vergewaltigt hatte.

„Wo warst du?", wollte sie von Max wissen. Hatte er sie vielleicht ...? Nein, niemals.

„Du hast dich amüsiert. Ich war die ganz Zeit über in deiner Nähe. Es ist nichts passiert, dass ich nicht geduldet hätte."

Das war knapp und deutlich, konnte aber alles und nichts bedeuten, denn woher sollte sie wissen, was Max noch tolerierte? Es sah nicht gut aus. Hätte sie nur auf Daria gehört. Wieder hatte sie einem anderen vertraut. Aber was hatte sie eigentlich erwartet? Max war nicht ihr Aufpasser. Er hatte ihr einige Male gesagt, dass sie auf sich selber aufpassen musste. Seine Antwort ließ offen, ob er sie angezogen hatte und dabei, ... Nein, das war unfair. So darfst du nicht denken, machte sie sich zum Vorwurf. Wenn ihr die Sache doch nur nicht so peinlich wär. Sie streifte sich mehrmals den Sand von den Armen und Beinen.

„Können wir nach Hause fahren?", bat sie Max inständig. „Ich brauch eine Dusche. Bitte, Max. Ich will hier weg."

FAMILIE

Sie schämte sich, wollte Daria nicht ansehen. Daria wusste Bescheid und ließ sie erst mal ihren Kaffee mit viel Milch trinken. Sie schickte die beiden Mädchen zu Mara, um sie aufzuheitern. Sie fühlte sich geschunden und schmutzig, trotz Dusche. War Max doch der Jaguar gewesen? Nach einer schweigsamen Heimfahrt hatte er sie nur bei Daria abgeliefert und war dann sofort wieder gefahren. Drei Tage wollte er wegbleiben. Alte Freunde besuchen.

Daria brachte eine Pfanne mit Eiern und Bohnen und stellte sie auf den Tisch. Beim Anblick des fettigen Essens kroch ihre Übelkeit bis in die Kehle. Doch Daria kannte kein Pardon. Sie befahl ihr zu essen.

„Kleines, Kopf hoch. Ich sag dir jetzt was. Deine Flecken am Hals sind verschwunden."

Daria holte einen Spiegel aus der Frisierecke, um die ungläubige Mara zu überzeugen. Die beiden Indio-Frauen hatten sie mit verschiedenen Kräuterölen eingerieben. Vielleicht war es auch die magische Kraft des Medizinmannes gewesen. Wie in einem Märchen, wenn der verwunschene Prinz oder das verzauberte Brüderchen wieder ihre normale Gestalt annahmen, war sie in dieser Nacht von übernatürlichen Kräften umgeben gewesen. Auch die Pöckchen waren weg.

Als Daria gegangen war, teilte Mara die Bohnen in drei kleine Häufchen und bat Maria und Theresa, ihr beim Essen zu helfen. Die Mädchen guckten sie verwundert an. Nicht im Traum würden sie Bohnen anrühren. Mara pickte mit ihren Fingern eine Bohne aus ihrem Häufchen heraus und steckte sie in den Mund. Die Mädchen machten große Augen. Sie waren gut erzogen. Mit den Händen essen, das hatte Mama strikt verboten. Aber nun war Mama nicht da und Mara war so groß wie Mama. Maria und Theresa sahen eine Zeit lang zu, wie Mara eine Bohne nach der anderen mit den Fingern aus der Tomatensoße herausfischte. Dann nahm sie zwei Bohnen und legte jeweils eine vor jedes Mädchen. Sie konnte sehen, wie die beiden mit der Versuchung spielten. Theresa war die Erste. Sie griff die Bohne und steckte sie langsam in den Mund. Dann leckte sie ihre Fingerspitzen ab. Maria folgte dem Beispiel ihrer Schwester und pickte gleich noch eine aus der Pfanne heraus. Flinke Fingerchen hatten im Handumdrehen das Bohnenproblem gelöst und Mara verspeiste das Rührei. Sie hatte nur Augen für die beiden Leckermäuler. Die kicherten und leckten sich die Tomatensoße von den Fingern.

Wie viel sinnlicher es doch war, mit den Händen zu essen. Sie erinnerte sich an Maddys Tante, die in Indien als Krankenschwester gearbeitet hatte. Dort aßen die Menschen heute noch mit den Händen. Hatten nicht die Inder sehr viel mehr Sinnliches in ihrer Tradition, als die Deutschen oder Iren? Sie dachte an ihre Yogakurse, das entspannte Wohlsein nach den Übungen und das Beten und Singen, das ihre Yogalehrerin so gewissenhaft mit ihrer Gruppe praktiziert hatte. In der hektischen Endphase vor ihrer Trennung fand sie allein Halt durch die Ruhe, die ihr das Yoga gab. Kamen nicht aus dieser Ruhe alle wichtigen Entscheidungen? Hatte nicht auch Paul sie zu dieser Ruhe hingeführt und plötzlich hatte sich ein Tor geöffnet?

In den nächsten drei Tagen half Mara im Haushalt, kochte und kümmerte sich um die Mädchen. Sie ging Einkaufen, lernte die verschiedenen Zutaten und Gerichte kennen, sprach mit den Einheimischen und machte Spaziergänge in der Umgebung. Schon nach kurzer Zeit grüßten sie einige Leute auf der Straße, und im Geschäft um die Ecke fragte die Verkäuferin, wie es ihr gehe und was sie so mache. Die Nachbarn winkten, wenn sie mit Maria und Theresa zum Strand ging, und auf dem Rückweg kamen sie neugierig auf sie zu und sprachen mit ihr. Die Mädchen hatten sie ins Herz geschlossen. Sie liebten Maras ausgefallene Ideen und den Quatsch, den sie mit ihnen redete. Selbst Daria blühte auf, ließ sich mitreißen von Maras Ausgelassenheit und genoss den frischen Wind in ihrem Haus.

Für Mara bedeutete die Aufnahme in eine fremde Kultur und bei völlig fremden Menschen ein großes Plus für ihr Selbstwertgefühl, das seit ihrer Trennung sehr gelitten hatte. Würde sie hier auch enttäuscht werden? Sie fragte sich das, weil sie anfing, Daria und ihre Mädchen zu lieben. Weder die Geschäfte noch die wunderschönen Strände interessierten sie. Mit Maria und Theresa im Sandkasten zu sitzen und Bilderbücher zu lesen und abends Darias Männergeschichten zu hören, war nicht zu übertreffen.

Als sie am dritten Tag nachts auf ihrer Pritsche lag, kamen ihr zwei Gedanken nahezu gleichzeitig. Sie freute sich auf Max und sie fragte sich, ob es Liebe war, was sie für Daria und ihre Kinder empfand. Die Harmonie zwischen ihnen hatte etwas Leichtes, etwas Unkompliziertes. Es war so, als fließe durch alle vier derselbe Strom, als wären sie die vier Jahreszeiten, die sich die Hand reichten. Es gab weder Eifersucht, noch Neid, Zorn oder eine böse Vergangenheit. Ihre Gefühle für Max schwankten seit der Partynacht am Strand. Sie konnte ihn nicht einordnen und wollte nicht wieder enttäuscht werden. Dennoch gab es da eine Vorstellung, die sie mit einem Lächeln in den Schlaf begleitete. Sie saß bei ihm auf dem Motorrad, lehnte sich an seinen Rücken und so fuhren sie für immer durch einen karibischen Traum.

DIE SCHLANGE IM PARADIES

Am nächsten Tag kam Max einige Stunden später als erwartet. Daria hatte sie beruhigt. Das sei normal. Er sah nicht glücklich aus. Sein weißes Hemd war durchgeschwitzt. Er wirkte müde und abwesend. Daria stellte ihm einen Teller Suppe hin und sagte keinen Ton zu seiner Begrüßung. Mara spürte erneut die Spannung zwischen den beiden und sie merkte auch, wie alles in der Umgebung davon Besitz ergriff. Selbst Maria und Theresa fingen an zu streiten, was sie drei Tage nicht getan hatten.

Mara wehrte sich vergeblich gegen die aufkommende Frustration, hilflos zusehen zu müssen. Sie wollte sich auf keinen Fall in die Familienangelegenheiten einmischen. Da herrschten unter Umständen Gesetze, von denen sie nichts verstand. Sollte sie ihren Wunsch, mit Max an den Paradiesstrand zu fahren, aufgeben?

Max ließ keine seiner netten Gewohnheiten durchblicken. Kein Scherz, kein Augenzwinkern, nicht mal die Mädchen erregten sein Interesse. Mara musste etwas tun. Sie war sich sicher, ihn auf andere Gedanken bringen zu können. Außerdem war ihre Urlaubszeit bald abgelaufen, und wenn sie Max noch näher kennenlernen wollte, musste es bald sein. Sie musste etwas finden, das seine Aufmerksamkeit erregte. Übermütig sprang sie auf, schwang sich auf sein Motorrad und startete es. Das zeigte Wirkung. An seinem Chromschlitten wollte er offensichtlich keine Kratzer, auch nicht von Mara. Er wies sie an, den Motor auszustellen und eilte zu ihr. Er übernahm und sie rückte nach hinten. Als er merkte, dass er überreagiert hatte, kam dann doch ein Lächeln. Mara flüsterte ihm ihren Wunsch ins Ohr und Max flüsterte zurück. Jubelnd sprang sie vom Motorrad und holte ihre Tasche für den Strand.

Max warf den Rucksack, der noch am Motorrad hing, in den Sand unter den Tisch. Mara sah das und fragte sich kurz, warum daran ein frischer Gepäckzettel einer Fluggesellschaft klebte. Max fuhr in seiner schwarzen langen Hose und seinem weißen Hemd mit ihr davon. Mara hatte sich über seine Kleidung gewundert. Sie war nicht typisch für Max und unpassend für einen Besuch bei Freunden.

Auf dem Motorrad schmiegte sie sich fest an seinen breiten Rücken und schloss die Augen. Da hatte sie ihren Schokoladenmann ganz für sich allein. Am liebsten hätte sie probiert, wie er schmeckt und es dann in einem ausgiebigen Brief Susanne mitgeteilt. Aber die hatte ja ihren eifersüchtigen Peter, einen Experten in Sachen Liebe.

Nach einigen Minuten erreichten sie das umzäunte Gelände. Er stellte die Maschine ab und dann kletterten sie über den Zaun. Diesmal hielt Max ihre Hand die ganze Zeit über, bis sie am Strand angekommen waren. Seine Sorgenfalten waren verschwunden. Auf ihre Frage nach dem Grund seiner Verstimmung gab er an, Ärger mit einem Freund gehabt zu haben.

Die Sonne hatte sich zum Untergehen geneigt und zauberte einen schleierhaften roten Schimmer an den Horizont. Im Dämmerlicht huschte ein kleiner Schatten durch die Zweige des Dividivi Baumes, unter den sie sich niedergelassen hatten. Ein Kolibri flog aufgeregt umher. Etwas musste ihn verärgert haben. Von Ferne kreischten einige Papageien. Max lag mit geschlossenen Augen neben ihr. Die Wellen glätteten den feinen Sand vorne am Ufer. Er atmete ruhig, als schliefe er. Sollte sie einfach seinen Arm streicheln?

Der kleine Kolibri hatte sein Problem noch immer nicht gelöst und tanzte weiter vor Maras Augen zwischen den Ästen hin und her. Sie wollte nicht den Anfang machen.

Vor etwa dreizehn Jahren hatte es eine ähnliche Szene gegeben, nur viel unschuldiger und harmloser, aber mit genau so viel Spannung im Bauch. Sie und Hanno Bertling, ihr erster Freund, saßen auf einer Parkbank und warteten darauf, ob die nächste fallende Kastanie den Audi oder den Mercedes darunter treffen würde. Da passierte es. Keiner von beiden hatte das Peng vom Blechdach mitbekommen, denn Hanno hatte mit oder ohne Absicht ihren kleinen Finger berührt. Damals wurde sie starr vor Erregung. Sie hatte zwar zum Kastanienbaum hinübergeschaut, ihr kleiner Finger war aber so elektrisiert, dass er ihre gesamte Aufmerksamkeit verschlang. Von Hanno hatte sie dort im Park später ihren ersten Kuss bekommen.

Nun lag da ein stabiler und charmanter farbiger Mann, ein Bruder, liebevoller Onkel und guter Freund, der wie Hanno den kleinen Finger ihrer linken Hand berührte. Wer von beiden seinen kleinen Finger in des anderen Richtung geschoben hatte, war nicht mehr nachzuvollziehen. Man hätte auch nicht sagen können, ob es Zufall war oder ob der Finger als ein Köder ausgelegt wurde. Eins war jedoch sonnenklar: Zöge sie ihren Finger nur einen Millimeter zurück, wäre die Verbindung unterbrochen und eine neue käme vielleicht nie mehr zustande. Wie damals auf der Parkbank schoss alle Aufmerksamkeit an diese winzige Stelle und entfachte einen tosenden Orkan. Sie schaute auf ihren Bauch, der sich heftig auf und ab bewegte. Nein das war nicht ihr Bauch. Es war ihre Atmung. Nein auch nicht. Es war ihr Herz, das unbändig wie ein junges Fohlen Luftsprünge machte. Komm, Mara, ganz ruhig, sagte sie sich, aber ihr Herz reagierte nicht.

Dann geschah es. Max legte seinen kleinen Finger oben auf ihren kleinen Finger. Das schoss ihr in sämtliche Glieder. Sie war am Zug. Sie legte ihren kleinen Finger auf seinen Ringfinger. Nun berührten sich mehrere Finger. Jeder einzelne bedeutete in dem Moment so viel, wie das ganze Universum zu bieten hatte.

Minuten später küssten sie sich. Max zog sie rüber zu sich auf seinen Bauch. Mara wollte das. Er machte genau das, was sie fühlte. Sein Verlangen verdoppelte ihr Verlangen. Sie schloss ihre Augen und gab sich seinen Liebkosungen hin. Sie wälzten sich im Sand, wollten sich von allen Seiten sehen, fühlen und anfassen, überall berühren und hinaus schwimmen zum fernen Horizont.

Die Sonne war bereits ins Meer getaucht. Sie liefen durch die seichten Wellen bis weit hinaus, wo er sie auf seine Arme nahm und küsste. Sie schlang ihre Beine um seine Taille und ließ sich von ihm in den Wellen wiegen. Noch nie hatte sie ein Mann so leidenschaftlich geliebt und noch nie hatte sie das Gefühl gehabt, einen Mann so hingebungsvoll und frei zu lieben.

Die Sonne hatte sich verabschiedet. Max trug sie zurück an den Strand. Sie streichelten einander und sprachen kein Wort. Er wollte immer wieder ihre weißen Brüste sehen und die erregten Spitzen fühlen. Mara kannte ihre empfindliche Stelle, wollte nur schmusen, nicht noch mal mit ihm schlafen. Es bedeutete ihr sehr viel, mit Max den Moment der ersten Verbundenheit jetzt nachzufühlen.

Es war weit nach Mitternacht, als sie aufbrechen wollten, Max zu seinen Eltern und Mara zu Daria. Als

Mara ihm seine Hose reichte, die zerknüllt im Sand gelegen hatte, fiel ein Lederetui mit Kreditkarten, Pass und Geld heraus. Ein Bild, das lose im Etui gesteckt hatte, fiel in den Sand zu ihren Füßen. Sie nahm es auf und schaute kurz darauf. Im Mondlicht konnte sie drei junge Mädchen, allem Anschein nach Teenager, darauf erkennen. Max sah sie mit großen Augen an. Sein Gesicht erstarrte zur Maske. Hätte er sie nicht so angesehen, wäre ihr kein Verdacht gekommen. Das Foto war neu, von einer Sofortbildkamera, keine abgegriffenen Ecken, glattes, glänzendes Papier. Und wieso hatte er einen Pass bei sich? Mara spürte, wie sich ihr gerade gewonnenes Glück erdrutschartig davon machte und sich alles in ihr zuschnürte. Es musste schnell etwas passieren. Ihre innere Spannung stieg ins Unerträgliche. Sein Schweigen machte alles schlimmer. Ihre Enttäuschung machte sich Luft. Sie ließ ihre Sachen in den Sand fallen und hielt ihm das Bild wortlos entgegen. Als er sich nicht rührte, verlor sie die Beherrschung.

„Wer sind die Mädchen auf dem Foto?"

Max schwieg, steckte seine Hände in die Hosentaschen und ging einige Schritte. Sie verharrte auf der Stelle. Die Spannung zerschnitt ihren Körper. Die plötzliche Zerrissenheit, der steile Fall vom höchsten Glück hinunter in bodenlose Verzweiflung raubte ihr die letzte Kraft. Tränen liefen über ihre Wangen. Sie glänzten im Schein des Mondes.

Max kam zurück, stand vor ihr wie ein Angeklagter mit herunterhängenden Armen und sah sie an. Sie wischte sich die Tränen aus dem Gesicht. Ihre Füße standen bleiern im Sand. Max holte tief Luft.
„Ich habe dich angelogen. Es tut mir leid."
Er machte eine Pause. Mara sagte nichts und schaute ihn weiter fragend an.
„Ich hätte es dir gleich sagen sollen. Ich bin verheiratet. Die drei Mädchen auf dem Bild sind meine Töchter. Sie leben bei ihrer Mutter auf Jamaika. Ich habe sie in den letzten drei Tagen besucht. Mit meiner Frau habe ich kein Liebesverhältnis mehr. Ich sehe nur meine Töchter. Meine Frau bekommt das Geld. Sie soll für ihre Ausbildung sorgen. So, nun weißt du alles."

Mara wünschte sich weit weg von diesem Ort. Lähmende Traurigkeit schwemmte alle Glücksmomente der letzten Stunden hinaus aufs offene Meer, wo sie unkenntlich in die Tiefe sanken. Musste dieses Leiden sein? Oder war das Leben so beschissen grausam und Glück ein armseliges Fantasiegespinst? Lügen, Schuld und Scham beschmutzten ihre jungen, zarten Gefühle zu diesem Mann, der wie ein Häufchen Elend vor ihr stand.

Max fehlten die Worte. Er konnte nicht wirklich etwas zu seiner Verteidigung sagen. Mara wurde langsam klar, dass er sie bereits in Haltern belogen hatte, wahrscheinlich um besser bei ihr landen zu können. Hätte sie von seiner Frau und den Kindern gewusst, wäre er für sie nicht infrage gekommen, ausgeschlossen, von Anfang an undenkbar. Er hatte also alles geplant und sie war dem Schokomann auf den zuckersüßen Leim gegangen. Trauer schlug um in Zorn und Zorn um in Hass und der verwandelte sich in traurige Hoffnungslosigkeit.

Es gab nichts mehr zu sagen, zumindest nicht mehr in dieser Nacht. Auf der Fahrt zu Daria versuchte sie ihn, so wenig wie möglich anzufassen und ihre Tränen zu verbergen. Daria hatte nie etwas von ihren Nichten erwähnt. Sie verhielt sich also loyal zu ihrem Bruder. Das musste für die Missstimmung zwischen ihnen gesorgt haben. Max hatte sie wohl aufgefordert, kein Wort über seine Familie fallen zu lassen. Nun wurde auch klar, warum sie seinen Eltern nicht vorgestellt wurde. Die hätten es natürlich lieber, er stünde zu seiner Frau, statt mit einer fremden, weißen Frau hier aufzukreuzen. Je mehr sie darüber nachdachte, um so mehr fühlte sie sich betrogen.

Sie stieg von seinem Motorrad, schlich ins Haus, verkroch sich in ihr Zimmer und zog die Decke über den Kopf. Sollte sie vorzeitig abreisen? Konnte sie für Daria noch die gleichen liebevollen Gefühle empfinden? Morgen würde sie es wissen. In dieser Nacht flossen noch viele Tränen, die leise unter der dünnen Decke vergossen wurden. Wem konnte sie hier noch trauen? Sie fühlte sich einsam und verloren.

STRANDGUT

Mara wachte mit einem Schrecken auf. Sie hatte schlecht geschlafen und traute sich nicht aufzustehen. Sie schaute an die Decke und hoffte ein Engel würde ihr auf dieser schmuddeligen hellblauen Leinwand erscheinen und ihr zuflüstern, dass das Leben nichts weiter als ein Traum war, über dessen Handlung sie beim Erwachen lachen oder weinen konnte, aber der eigentlich nicht so wichtig war.

Träume im Schlaf und Träume im Leben hatten nicht viel gemeinsam. Ihr Traum mit Max war ein Desaster im Leben. Ein Desaster im Traum war etwas, worüber man in aller Gelassenheit nachdenken oder sich wundern konnte.

Sie versuchte sich auf die erste Begegnung an diesem Morgen einzustellen. An Darias Gesicht würde sie sofort ablesen können, auf welcher Seite sie stand. Wenn es um die Familie ging, dann mischte das Blut mit. Da hatte sie keine Chance. Das kannte sie von Maddy und seiner Mama. In vielen Familien zirkulierte das gleiche Blut der blinden Treue und wer dieses Blut nicht teilte, wurde zum ewig Fremden gestempelt. Dafür hatte Maddys Mama gesorgt und das hatte weh getan. Mara war vorgewarnt. Sie trat zu Daria in die Küche.

Es vergingen quälende Minuten des Schweigens. Mara wusste nicht, ob sie ihre Gunst der letzten Tage bei Daria verspielt hatte, weil es das Gesetz der Familie so wollte oder ob sie Daria trösten sollte, weil für sie die Familie versagt hatte.

Es zerriss sie innerlich. Sollte sie den Knoten lösen und einfach gehen oder sollte sie Daria um eine Aussprache bitten? Dann kam die Überraschung. Daria ging zu ihr und umarmte sie. Das sagte mehr als tausend Worte. Mara ließ sich halten und fühlte, wie ihr ein Stein vom Herzen fiel.

Sie setzten sich nach draußen unter die Bananenpflanze und dann erzählte Daria die ganze Geschichte von Max und seiner Familie. Max schickte immerhin Geld. Daria beschönigte nichts. Sie kannte ihren Bruder und wusste um sein Spiel mit Mara. Sie entschuldigte sich bei ihr und gab zu, dass es ihr immer schwerer gefallen war, dieses Geheimnis vor ihr zu verbergen. Dann nahm sie Maras Hände und umschloss sie fest. Das tat verdammt gut. Für Mara bedeutete die Freundschaft zu Daria mehr als irgendeine andere Beziehung. Mit Max hatte sie den Himmel erstürmt und war in der Hölle gelandet und mit Daria und ihren Mädchen lebte sie einen Traum, der in der Realität stattfand und das kam einem Wunder gleich.

Mara lächelte einen Augenblick über ihre Gedanken. Sie war ihren sehnsüchtigen Träumen von Glück und Liebe genau so ausgeliefert wie ihren wirklichen Träumen in der Nacht. Es gab keinen Zugriff, weder auf das Glück, die Liebe oder die Träume. Diese drei majestätischen Größen versteckten sich also und sie kamen und gingen, wie es ihnen passte. Diese Erkenntnis hatte sie bereits getan, aber nun hatte sie die Beweise.

Kurze Zeit später flog Max allein zurück nach Deutschland. Zwischen ihm und Mara hatte es kein versöhnliches Gespräch gegeben. Obwohl, sie hatte ihm verziehen, aber die Intensität, mit der die negativen Gefühle in der Nacht am Strand auf sie eingeschlagen hatten, saß tief. Das brauchte Zeit.

ABSCHIED

Am letzten Tag unternahm sie viel auf eigene Faust, war sie doch schon ein halber Insider. Früh morgens brachte sie die Mädchen in die Vorschule und radelte dann weiter an den Paradiesstrand, wo sie ihre Yogaübungen machte. Dort unter dem Dividivi Baum entdeckte sie ihre Liebe zum Frieden in der Natur. Der Blick auf den Horizont hatte eine so wunderbar entspannende Wirkung auf ihren Körper und ihren Geist. Das Blau des Meerwassers inspirierte sie. Die Wärme der Sonne durchflutete ihre Organe und gab so auch ihnen das Signal, gebraucht und geliebt zu werden. Der duftende Wind bewegte ihre Gedanken in alle vier Himmelsrichtungen. Stille legte sich auf ihr Haupt, ruhte in ihrem Schoß.

Ihr Abschied stand bevor und mit ihm kamen erste Erinnerungen an die Heimat. Sie musste die Bilder ihrer kleinen spießigen Wohnung verdrängen. Die tauchten wie Blitze aus heiterem Himmel vor ihr auf und wollten ihr die letzten Stunden verderben. Aber soweit war es noch nicht, jedenfalls nicht jetzt, wo sie hier lag und dem schreienden Gekrächze der Papageien lauschte.

Max hatte für sie einen Koffer voller Souvenirs von seinen Tauchgängen mitgebracht. Einfacher konnte man nicht an goldene, silberne und bronzene Schätze der Natur kommen und alles Unikate. Die Muscheln hatte sie in ein Leinensäckchen gepackt und jedes Mal, wenn sie etwas Neues hineinfallen ließ, machten die Muscheln dieses unverwechselbare Geräusch, das so verführerisch nach Urlaub und Meer klang.

Zum Abschied gab es Geschenke und Tränen. Als die Mädchen sahen, wie ihre Mama weinte, fingen auch sie an zu weinen. Mara weinte sowieso. Maria und Theresa trugen die weißen Kleider, die sie zu Maras Begrüßung angehabt hatten. Ihre Haare waren besonders aufwendig geflochten. Daria schenkte Mara die Afrolook Perücke. Sie setzte sie gleich auf und schon waren die Tränen aus den Gesichtern der Mädchen verschwunden.

Im Flugzeug saß sie teilnahmslos auf ihrem Platz, spürte weder ihre eigene Müdigkeit, noch was um sie herum geschah. Immer wieder musste sie die aufkommenden Tränen zurückhalten. Alles in ihr rebellierte. Sie fuhr in die falsche Richtung.

ZUHAUSE

Papa hatte ihr Fahrrad am Bahnhof in Haltern deponiert, nur für den Fall, dass kein Taxi mehr da war. Papa war nachtblind, konnte im Dunkeln schlecht fahren. So hatten sie es abgesprochen. Mara kramte ihren Pullover aus dem Koffer. Der letzte Zug aus Essen trudelte kurz vor ein Uhr morgens im Bahnhof Haltern ein. Zu früh, um Blumen zu kaufen.

Mama hatte die Heizung angestellt und ihre Post auf den Küchentisch gelegt. Im Kühlschrank befand sich eine Tüte frische Milch, Schinkenwurst, ein Viertel holländer Käse und ein halbes Pfund Vollkornbrot. Die Margarine stammte noch von vor der Reise.

Mara ging zum Fenster und blickte hinaus auf die beleuchtete Straße. Alles noch wie vorher. Sie war absichtlich zum Fenster gegangen und hatte auf die Straße geschaut. Sie wollte ihre Vorahnung bestätigt haben, dass alles unverändert war. Sie setzte sich an den Küchentisch. Die Tapete machte ihr eine Gänsehaut. Zuhause war nicht Zuhause. Sie klammerte sich an die letzten Tage mit Daria und den Kindern. Heimat ist dort, wo man liebt. Sie ließ alles liegen und stehen und ging übermüdet ins Bett.

Pünktlich um 8:00 Uhr schmetterte der Radiowecker die Nachrichten ins Zimmer. Eine Schrecksekunde später öffnete sie die Augen. Die graugestreifte Tapete griff mit ihren filzigen Fingern nach ihr. Schnell wanderte ihr Kopf unter die Bettdecke zurück.

Die Oktobersonne hatte Mühe, durch das Dachfenster zu scheinen. Der kleine gelbweiße Ball kletterte am unteren Rand des Fensters entlang und traf Maras gebräuntes Gesicht. Sie ging in die Küche und schaute auf die drei Umschläge, die auf dem Tisch lagen. Zwei davon kannte sie nur zu gut. Sie waren von Maddy. Der dritte kam von den VEW, ihre erste Stromrechnung. Zehn Tage Abwesenheit und nur ein enttäuschter Ehemann, der nach ihr gefragt hatte. Wären ihre Eltern nicht, hätte sie seit Tagen tot in ihrer Wohnung liegen können. Wer hätte sie sonst schon vermisst?

Sollte sie Maddys Briefe zerreißen? Es war ihr gut gelungen, nicht an Maddy zu denken, warum also wieder dem Gehampel um enttäuschte Gefühle hinterherjagen?

Die munteren Bilder aus der Karibik, die Unbeschwertheit und die glücklichen letzten Tage brauchten keinen Dämpfer, keinen Quertreiber, keine Moralpredigten oder leere Versprechen. Die Einsamkeit in ihrem grauen Verließ reichte ihr vorerst. Sie schob die Briefe unter die beiden kostenlosen Wochenblätter, die Mama auch auf den Tisch gelegt hatte, und freute sich aufs Kofferauspacken.

Sie ließ sich viel Zeit, legte die Erinnerungsstücke, wie sie ihr in die Hände fielen, aufs Bett und begann damit, die Tapete in der Küche mit Postern und Bildern von Maria und Theresa zu dekorieren. Reggae schepperte aus ihrem kleinen CD-Player. Darias Perücke stülpte sie über den Schirm der Nachttischlampe. Die Muscheln und Korallenstücke verteilte sie im Bad. Es schellte. Das würde Mama sein.

Die alte Welt eroberte sich ihr Territorium zurück. Gnadenlos näherte sie sich mit einer Selbstverständlichkeit, die nicht ihr Einverständnis hatte, aber der sie dennoch gehorchte. Mama strahlte.

„Du siehst aber gut aus, Kind. Gott, bist du braun. Ich hab dir was in den Kühlschrank gelegt. Hast du schon gefrühstückt?"

„Ja, Mama, ich hab schon gefrühstückt", log Mara.

„Wie geht es dir und Papa?"

„Gut, wie immer."

Mama warf einen Blick auf die Bilder.

„Ach wer sind denn die netten Kinderchen?"

„Die heißen Maria und Theresa, Zwillinge von Daria, einer Freundin von mir."

„Das ist aber schön, dass du Leute kennengelernt hast. Bist du mit deinem Geld ausgekommen?"

„Ich hab noch jede Menge Dollars wieder mitgebracht."

„Was willst du denn mit Dollars?"

„So schnell es geht wieder hinfliegen."

„Freust du dich denn gar nicht? Nun kannst du dir in Ruhe eine neue Stelle suchen, und wenn du ein bisschen mehr Geld hast, kannst du dir auch eine größere Wohnung leisten, und wenn Papa in zwei Jahren pensioniert wird, bekommst du seinen Wagen. Das hat er mir schon verraten."

„Das ist lieb von euch, aber ich kenne meine Pläne noch nicht."

„Das kommt schon. Wenn du dich erst wieder akklimatisiert hast. Möchtest du ein Stückchen Schokolade?"

Mama hielt Mara ein winziges Täfelchen Schokolade entgegen. Es war in glänzendes rotes Papier gehüllt.

„Wo hast du das denn her", fragte Mara erstaunt.

„Die gibt's im Stadtcafé zum Kaffee dazu. Ich war dort mit Tante Käthe zu ihrem Geburtstag. Die hat ja sonst niemanden."

Mara schloss die Schokolade in beide Hände, als hütete sie einen wertvollen Schatz.

„Hast du was, Kind? Nun sag schon, was ist los?"

„Nichts, Mama, so ein kleines Stück Schokolade war mal meine Eintrittskarte zum Paradies."

„Und wen hast du dort im Paradies sonst noch getroffen?"

„Du meinst einen Mann? Ein Mann war auch dabei und der hat mich glücklich und traurig gemacht."

„So ist das mit den Männern. Gut, dass es jetzt vorbei ist. Kam er von dort? Ich meine, war er ein Farbiger?"

„Ja."

„Das geht auf lange Sicht nicht gut", wusste Mama. „Die sind ganz anders als wir. Sei froh, dass er weit weg ist und du nun mehr Zeit hast, dich um die wichtigen Dinge zu kümmern. Sieh mal, wenn du eine Familie haben willst, dann musst du hier nach einem Mann suchen. Dein Maddy ist das beste Beispiel, dass es mit Männern von fremden Ländern schwieriger ist. Wäre Maddy Holländer gewesen, wäre es vielleicht nicht ganz so schlimm gelaufen. Es gibt auch nette deutsche Männer."

„Du hast ja recht, Mama." Mara wollte sich auf keine Diskussion einlassen, ließ sich aber hinreißen, Mamas Meinung zu kommentieren.

„Wie wär's mit einem farbigen Deutschen?"

„Jetzt veralberst du mich. Möchtest du nicht endlich die kleine Schokolade essen?"

„Okay, auf deine Verantwortung", sagte Mara und fasste sich an den Hals.

„Was meinst du mit Verantwortung?"

„Ach nur so."

„Kommst du zum Abendessen? Papa möchte dich bestimmt gerne sehen. Ich glaube, so braun warst du noch nie."

VERHEIRATET

Die nächsten drei Abende ging sie bei Mama essen. Morgens schlief sie lange, träumte in den Tag hinein. Bis weit in die Nacht hörte sie Musik, trank billigen Rotwein und schrieb Briefe an Daria, die sie am nächsten Morgen zerriss.

An diesem Freitag sollte ihr Fotobuch fertig sein. Sie kaufte sich frische tropische Früchte, Rotwein und backte eine Art Fladenbrot, so wie die dicke Nachbarin Josephine in Aruba es ihr gezeigt hatte. Sie wollte eine kleine Party für sich allein veranstalten. Im Geschäft blätterte sie das Fotobuch flüchtig durch, um zu sehen, ob es gelungen war. Auf der Titelseite schauten sie Maria und Theresa an. Sie lachten und Mara konnte ihre Zahnlücken sehen, über die sie so viel gescherzt hatten. Dann kam der Paradiesstrand. Ja, es war alles da, so wie sie es bestellt hatte. Es sollte ein toller Abend werden.

Das Stadtcafé hatte sie gemieden. Für Max war es noch zu früh. Sie wollte ihre Träumereien von niemandem stören lassen, deswegen lagen auch Maddys Briefe noch ungeöffnet auf dem Küchentisch. In ein paar Tagen würde sie sich um eine Stelle bemühen. Papa hatte schon zweimal gefragt, ob sie beim Arbeitsamt gewesen war.

Das Aruba Video, das sie sich vor dem Abflug gekauft hatte, zeigte den Paradiesstrand von der Wasserseite her. Die Touristen wunderten sich bestimmt, ihn nicht gefunden zu haben. Sie hatte das Video bereits einige Male gesehen und war erstaunt, dass es immer wieder etwas Neues zu entdecken gab. So ist das auch, wenn man sich verliebt, dachte sie und nippte an ihrem Weinglas. Alles erscheint im Rauscheengelkleid. Kein Wort zu viel, kein Blick zu teuer, kein Kuss ohne Nachspiel.

Mara liebte ihre umherschweifenden Gedanken. Sie hatte es sich auf dem Zweiersofa in der Küche gemütlich gemacht und öffnete das Fotobuch. Da strahlte ihr Jackson mit seinen krummen Zähnen entgegen. Seine Grimassen und sein nie still stehendes Mundwerk plapperte auf sie ein, als wäre es erst gestern gewesen. Nach jeder zweiten Seite legte sie ihren Kopf in den Nacken und träumte den Bildern hinterher.

Der Inhalt der Rotweinflasche, ein 3,99 Euro Lambrusco, näherte sich der zweiten Hälfte. Die Steelbands von den CDs taten ihr Bestes. Der Sound der Karibik machte ihr Lust, sich danach zu bewegen, allerdings wollten sich ihre Beine und ihr Becken nicht so biegen und beugen wie in den heißen Nächten, wo Tanzen eine normale Form der Bewegung war.

Plötzlich schellte es. Mara erschrak fast zu Tode. Wenn das jetzt Max wäre, was sollte sie dann machen? Ihr Herz klopfte heftig. Wäre es Max, dann sollte es so sein. Sie öffnete die Tür, und da stand Herr Peters von unten. Herr Peters fragte freundlich, ob Mara die Musik etwas leiser stellen könnte. Mara nickte und lächelte. Herr Peters empfahl sich und zog die Treppenhaustür hinter sich zu.

„Willkommen in der Heimat", sagte sie zu sich selber. Den Peters schüttelte sie mit einem kräftigen Schluck Rotwein ab. Einen Augenblick überkam sie ein Gefühl der Enttäuschung, dass es nicht Max war. Es wäre schön gewesen, sich mit ihm das Fotobuch anzusehen. Sie gab sich mit einem Seufzer zufrieden und blätterte, träumte und trank.

Immer wieder schweifte ihr Blick zum Fenster, in der Hoffnung ein Paar blinkende Lichter im Schwarz des Himmels zu erspähen, ein Flugzeug, das ihre Sehnsüchte mitnahm. Jeder Kilometer dorthin würde sie glücklicher machen. Sie vermisste Daria und die Kinder plötzlich so sehr, dass es ihr immer schwerer fiel, eine neue Seite aufzuschlagen, bis sie dann das Fotobuch zuklappte.

Unter dem Stapel aus Werbung und den beiden Wochenblättern schauten zwei Zipfel hervor. Sie zog daran. Maddys Briefe! Wenn Max schon nichts von ihr wissen wollte, dann könnte sie es ja mit Maddy versuchen. Mara war reichlich betrunken. In ihrer labilen Stimmung öffnete sie einen der Briefe und begann zu lesen. Dann stoppte sie abrupt. *Ich komme in einer Woche und will mit dir reden. Maddy.*

Sie schaute auf das Datum. Der Brief war sechs Tage alt. Maddy würde morgen vor ihrer Tür stehen. Hektisch riss sie den anderen Brief auf. Kein Datum. In der Hoffnung er hätte es sich anders überlegt, überflog sie die Zeilen. Nichts Neues. Was sollte sie machen? Sie wusste nicht warum, aber sie lief ins Badezimmer und schaute sich ihren Hals im Spiegel an. Alles normal, keine roten Flecken. Sie hätte nicht gedacht, so aufgeregt zu reagieren. Ihr Herz pulsierte heftig. Es war, als stünde sie plötzlich vor dem Scherbenhaufen aus vier Jahren Ehe und müsste mit dem Aufräumen beginnen. Ihr Alkoholpegel ließ keinen klaren Gedanken mehr zu, wohl aber die Erinnerung, dass sie glaubte, dass ihre roten Flecken am Hals mit Maddy zu tun hatten. In der Karibik waren die Flecken und Pöckchen verschwunden. Sie sah sich im Spiegel an. Alles bestens. Morgen würde sie wissen, ob sie eine McDowell-Allergie hatte.

BESUCH AUS IRLAND

Verkatert radelte Mara am nächsten Morgen zu Mama. Papas PC sagte, dass eine Air Lingus Maschine aus Dublin um 15:32 Uhr in Düsseldorf landen würde. Einschließlich Zugfahrten würde Maddy spätestens um 18:00 Uhr bei ihr aufkreuzen.

„Maddy kommt heute", rief sie zu Mama in die Küche.

„Oh je, geht das jetzt alles wieder von vorne los?" stöhnte Mama. „Du brauchst Abstand, Kind. Der ist so impulsiv und du lässt dich mitreißen. Eine Trennung musst du ganz langsam durchleben. Erst dann kannst du wieder eine neue Beziehung eingehen."

„Mama, das weiß ich. Aber ich kann ihn nicht einfach vor der Tür stehen lassen. Er ist mein Mann. Er kann mir helfen, besser zu verstehen, was genau passiert ist."

„Du warst zu jung, gerade mal 22."

„Ich hatte genug Erfahrungen."

„Musstest du ihn denn gleich heiraten? Das ist doch heute gar nicht mehr notwendig."

„Verheiratet sein ist immer noch was ganz Besonderes, auch wenn es altmodisch ist. Es hat was mit Familie zu tun, mit Kindern. Das Leben blüht auf mit einem Partner, der die eigenen Stärken verstärkt, die Schwächen verringert. Und was soll ich allein im

Bett? Maddy begehrte mich. Er hat mir gut getan. Heiraten bedeutet, Zutrauen zu seiner eigenen Liebe zu haben. Mit dieser Liebe willst du all die schönen Dinge einer Beziehung aufbauen. Du kannst es drehen und wenden wie du willst. Es hängt alles von der Liebe ab."

„Du hast dir aber eine Menge Gedanken gemacht. Warum willst du immer alles hinterfragen?"

„Mama, ich möchte die Liebe kennenlernen. Was ist falsch daran?"

„Du brauchst jetzt deine Kräfte für Maddy. Wird er bei dir wohnen oder möchtest du, dass wir ihm bei uns ein Quartier einrichten? Er könnte im Keller auf dem Sofa schlafen."

„Er hat seinen eigenen Kopf. Mach dir keine Gedanken."

Mara fuhr in die Stadt zum Einkaufen. Maddy sollte nicht sehen, dass ihr Kühlschrank nichts zu bieten hatte. Einige leere Weinflaschen hatten sich angesammelt. Die mussten auch weg.

Sechs Uhr verstrich ohne ein Zeichen von Maddy. Mara wurde ungeduldig und schimpfte auf seine Unzuverlässigkeit. Ihr wäre das nie passiert. So war es oft gelaufen. Sie tat Dinge für ihn, weil sie ihn liebte. Er tat Dinge für sie, wenn die in seine Welt passten. Das war ein gewaltiger Unterschied, den er nicht verstehen wollte.

Es schellte. Mara sprang mit einem Satz auf. Ihr Herz raste wie verrückt. Sie zupfte ihren Rock glatt und öffnete die Tür.

„Hi, Mara. Darf ich vorstellen, Seamus McDowell, alias Maddy, dein Mann und Verehrer. Wie geht es dir? Lange nicht gesehen. Du siehst toll aus, so braun gebrannt."

„Danke, mir geht es großartig. Komm rein." Mara hielt es für zwecklos, ihr rotes Gesicht zu verbergen. Er würde es sowieso merken, so sehr glühte sie.

„Wir wohnen im Seehof. Kostet Taxigeld, aber für zwei Tage, was soll's."

„Wer sind wir?", fragte Mara überrascht.

„Na, Emily und ich. Hab ich dir das nicht geschrieben? Emily brauchte unbedingt eine Pause. Sie hatte einen Nervenzusammenbruch, verstehst du, ‚mad'. Die hat zu viel um die Ohren, da hab ich sie eingeladen mitzukommen."

„Ja praktisch. Man hilft ja, wo man kann, besonders wenn's um die liebe Schwester geht."

„Eingeschnappt?"

„Wieso, du kannst doch machen, was du willst", sagte Mara, obwohl sie sich gewünscht hätte, er wäre nur ihretwegen gekommen.

„Wie steht's mit dir?", fragte Maddy. „Hast du Lust auf ein Bier. Wir müssen ja nicht gleich alles überstürzen. In zwei Tagen können wir genug reden."

Mara war froh, dass Maddy gut gelaunt war und sie nicht gleich mit Problemen bombardierte.

„Ich komme mit. Ist Emily unten?"

„Klar, die freut sich auf dich." Mara freute sich auch auf Emily, und dass sie zusammen ausgingen. Es hatte immer Spaß gemacht, mit Maddy auszugehen.

Oft ging es erst mal ein Bier trinken, dann wurden es unzählige und dann war für ein paar Stunden alles vergessen.

Emily sah mitgenommen aus, blass und hatte dunkle Ringe unter den Augen. Maddy dagegen fühlte sich prächtig, besonders nach den ersten Bieren. Ohne Berührungsangst bezog er fremde Leute mit in seine Bierlaune ein. Die kriegten natürlich mit, dass er Ire war. Das hob die Stimmung. Iren galten als trinkfest, lustig und abgedreht komisch – eben so wie Maddy es drauf hatte.

Mara und Maddy verstanden sich blendend an diesem Abend, wie in alten Zeiten. Warum konnte es nicht immer so sein? Sie und Maddy waren das ideale Paar. Jeder konnte es sehen.

DER SPAZIERGANG

Feuchte Kälte hatte sich in dieser Nacht über die Stadt und die angrenzende Natur gelegt. Mara radelte mit dem Fahrrad zum Hotel Seehof, wo Maddy bereits auf sie wartete. Sie hatte ihn am Abend zuvor, zu einem Spaziergang überreden können. Dass es allerdings so kalt werden würde, damit hatte sie nicht gerechnet. Sie war durchgefroren, als sie am Hotel ankam. Ohne sich aufzuwärmen, wollte sie den Spaziergang nicht antreten. Sie bestellte sich eine heiße Schokolade. Zwar würde sie dann später nicht sagen können, ob ihre Allergie von der Schokolade oder von Maddy verursacht wurde, aber das war ihr mittlerweile egal, sie würde wahrscheinlich sowieso demnächst wieder rote Flecken bekommen.

Maddy saß ihr gegenüber und wartete mürrisch, bis Mara ihren Kakao getrunken hatte. Er wirkte nervös, sah sie immer wieder an, bis er mit einer Frage losplatzte.

„Sag mal, wieso bist du so braun? Das sieht so gleichmäßig aus. Du hast sogar ein paar Sommersprossen auf der Nase. Die kriegt man doch nicht von dem Bräunungszeug."

„Ich war zwei Wochen in der Karibik."

Maddy runzelte die Stirn und lehnte sich zurück.

„Ach, interessant! Allein?"

„Nein, ich bin mit einem Mann hingefahren und allein zurückgekommen."

„Soll das ein Scherz sein?"

„Warum? Möchtest du, dass es ein Scherz ist?"

„Was ist mit diesem Mann?"

„Er heißt Max und ist ein Farbiger, den ich hier kennengelernt habe. Er hat mir seine Heimat gezeigt."

Maddy wurde immer nervöser.

„Und was hat er dir sonst noch gezeigt? Warum willst du eigentlich noch mit mir reden?"

Er stand auf und marschierte hin und her. Mara kannte diese Reaktion. Das tat er immer, wenn er emotionale Situationen nicht ertragen konnte. Er hatte nie gelernt, seine Gefühle zu verbalisieren. Deswegen gab es für ihn nur zwei Lösungen im Falle eines Konflikts: entweder Weggehen oder spontan Frieden schließen. Diesmal riss er sich zusammen und setzte sich. Mara fand es gut, dass er sich beherrschte. Sie hatte nur die Wahrheit gesagt. Damit musste Maddy allein fertig werden. Sie hatte kein Mitleid mit ihm.

Dennoch, es stand Einiges auf dem Spiel. Er war ihr Mann und sie wollte ihn nicht einfach aufgeben. Allerdings wollte sie ihn auch nicht zurück. Die Trennung stand für sie in Beton gegossen. Das war klar. Nicht ganz klar war allerdings, wie weit der Beton schon gehärtet war.

Mara hatte eine Schwäche für Maddys spontane Art, sich während eines Streits zu drehen. Sie trank ihren

Kakao und nahm dann seine Hand. Sie verließen das Hotel und schlenderten durch das dichte, rotbunte Laub der Buchen, die entlang eines sandigen Weges standen. Zu ihrer Linken befand sich der Halterner See, auf den sie nun im Herbst einen ungehinderten Blick werfen konnten. Sie befanden sich im Trinkwasserschutzgebiet. Maddy fand es typisch deutsch, dass der gesamte See mit einem Stacheldrahtzaun umgeben war. Er scherzte, dass in Irland viele Leute nicht schwimmen könnten. Dort würden die Seen nicht eingezäunt. Die Leute vor dem Wasser zu schützen, machte nach seiner Auffassung Sinn. Das Wasser vor den Menschen zu schützen, kam ihm absurd vor.

Durch das Erzählen hatte sich Maddys Zunge gelöst.

„Alle fragen nach dir. Ich hab ihnen nicht die Wahrheit gesagt. Die glauben, du machst einen Kurs in Deutschland. Mir werden die Fragen immer peinlicher."

„Warum sagst du ihnen nicht die Wahrheit?", meinte Mara, als käme für sie nichts anderes infrage.

„Deswegen bin ich hier. Ich glaube an uns. Verheiratet sein heißt auch Zusammenhalten. Zuhause haben wir gestritten, weil wir uns ziemlich dicht auf die Pelle gerückt sind. Gestern haben wir uns toll verstanden, wie in alten Zeiten. Es muss eine andere Lösung als Trennung geben. Wie sollen wir zusammen was auf die Reihe kriegen, wenn wir nicht reden?"

Mara fand es gut, wie Maddy seinen Standpunkt formulierte. Er klang überlegt und rücksichtsvoll.

„Und was ist mit Zuhören?", provozierte sie. „Hast du mir zugehört, als ich dir erzählt habe, wie schlecht ich mich gefühlt habe? Hast du mir zugehört, wenn ich dir gesagt habe, dass du dich verändert hast und ich damit nicht klarkomme?"

„Wir verändern uns im Laufe des Lebens. Was ist daran so problematisch? Du hast dich auch verändert. Eine gute Ehe kann das verkraften. Lass uns von vorne anfangen. Wir waren für viele ein Traumpaar. Jessie bewundert uns wegen deinem Alleingang in Deutschland. Sie glaubt, dass wir das nur schaffen, weil wir uns wirklich lieben. Aoifa meint auch, dass die Freizügigkeit, die wir uns gegenseitig geben, ein Zeichen von großer Liebe sein muss."

„Und was meinst du, Seamus McDowell?"

„Ich liebe dich. Ich habe nicht aufgehört, dich zu lieben. Ich schreibe es in jedem Brief."

Mara ging das zu glatt. Sie spürte alten Ärger hochkommen.

„Du hast mal gesagt, dass sich Tom und Linda nicht lieben und lebten wegen praktischer Gründe zusammen. Trotzdem hörte ich Tom zu Linda sagen, dass er sie liebt."

„Mein Gott, so genau weiß ich es auch nicht. Vielleicht gehört das bei denen zum guten Umgangston. Aber ich meine es mit jeder Silbe. Ich lie-be dich."

Maddy ließ die weiße Fahne raushängen. Sie hakte sich bei ihm ein und beide gingen eine Weile ohne Worte. Am Bootsverleih gab es einen Kiosk für die Motorradfahrer, die auf der ehemaligen Panzerstraße ihre Maschinen ausfuhren. Dort kauften sie sich einen Kaffee und setzten sich unter eine dicke Buche. Mein Gott, wie traumhaft schön war es mit einem Mann hier im Herbstwald spazieren zu gehen, dachte Mara und bemerkte, wie gern sie Maddy nun ansah.

„Warum, glaubst du, bin ich gegangen?", fragte sie und stellte ihren Kaffeebecher auf die mit Laub und kleinen abgebrochenen Ästen übersäte hölzerne Tischplatte.

„Du hast es selbst gesagt, weil das Reden nicht mehr half. Und weil ich dir nicht zugehört habe."

„Und weil du dich seit dem Tag unserer Ankunft in Irland verändert hast", ergänzte Mara.

„Und was glaubst du, warum ich hier bin?"

„Weil du ein Problem hast."

„Wieso Problem?"

„Es ist dir peinlich, die Wahrheit zu sagen."

„Sagst du deinen Freunden die Wahrheit?"

„Worauf du dich verlassen kannst."

„Aber ist das auch die ganze Wahrheit?", fragte Maddy, der sich nun sehr ereiferte.

„Traust du dir zu, unsere Story genau zu kennen? Vielleicht liegst du falsch. Wer sagt dir eigentlich, dass du nicht den größten Fehler deines Lebens machst? Ich bin kein schlechter Mann. Kann es sein, dass du zu unflexibel bist, um mit Veränderungen umzugehen? Die ganze Wahrheit bedeutet ja schließlich auch, selber in den Spiegel zu sehen. Ich gebe zu, ich habe meine Macken, aber sind die so schlimm?"

„Fang nicht wieder so an!", ärgerte sich Mara. „In einem deiner Briefe hast du versucht, mich für alles verantwortlich zu machen. Da ist mir fast jedes Wort im Hals steckengeblieben. Es gehören immer zwei dazu."

„Also siehst du deinen Teil?"

„Ja, Seamus, ich sehe meinen Teil. Aber siehst du ihn auch?"

„Was meinst du?"

„Ob du verstehst, was für ein Problem ich mit dir hatte?"

„Dir gingen immer mehr Sachen auf den Keks. Du fingst an mit Meckern, wolltest mich über mein Verhalten aufklären. Ich sollte Dinge einsehen, die meine Familie betrafen. Die Familie ist mein Zuhause. Glaubst du allen Ernstes, da könnte ich was ändern? Will ich auch nicht. Glaubst du, du könntest die Welt verändern? Vielleicht bist du es ja, die sich nicht integrieren kann. Wir sind eine angesehene Familie. Wir brauchen uns von dir nichts sagen lassen." Maddy stand auf, nahm seinen Becher und deutete an, gehen zu wollen.

„Bist du hier, um deine Familie ins rechte Licht zu setzen? Keine Sorge, ich verstehe deine Haltung", sagte Mara verbissen. „Es gibt da nur einen kleinen aber bedeutsamen Unterschied. Du schaust von innen auf deine Familie und ich von außen. Logisch, dass wir beide etwas anderes sehen. Deine Familie ist mir nicht wichtig. Ich habe dich geheiratet." Mara stand auf und folgte ihm. Diesmal hakte sie sich nicht ein. Maddy war sauer und konterte.

„Das hört sich für mich ziemlich brutal an. Wie kann dir meine Familie egal sein?"

Maddy regte sich auf. Er ging schneller und so bildete sich ein Abstand zwischen ihnen. Auch Mara wurde zornig, weil sein Verhalten nach Weglaufen aussah und nicht nach Frieden schließen.

„Wusstest du, dass auch türkische Männer zwangsverheiratet werden?"

„Was soll das jetzt?", brauste Maddy auf und lief stur weiter.

„Nicht nur die weniger wertvollen Töchter werden zwangsverheiratet", rief Mara, „auch die Söhne. Glaubst du, dass diese Eltern ihre Kinder lieben?"

„Das ist islamischer Brauch. Was hat das mit meiner Familie zu tun?"

„Es soll vorkommen, dass Mütter oder Väter ihre Kinder nicht wirklich lieben. Sie zwängen ihren Kindern ihre Vorstellungen auf, statt sich das Kind entwickeln zu lassen, damit es sich eine eigene Meinung bilden kann."

Maddy steckte die Hände in die Taschen, blieb stehen und drehte sich um.

„Sag mal, bist du völlig durchgeknallt?"

Mara spürte die Wut von früher, die sich jetzt erneut Luft machte.

„Glaubst du, Maddy, dass deine Mutter dein Glück vollkommen uneigennützig im Auge hat?"

„Worauf du dich verlassen kannst! Da kennst du meine Mutter aber schlecht."

Maddy wurde wütend. „Das geht mir hier alles gegen den Strich. Das muss ich mir nicht gefallen lassen. Du willst einen Keil zwischen mich und meine Familie treiben. Wer kommt als Nächstes dran? Brüder, Schwestern, Tanten? Du hast sie nicht mehr alle."

Maddy nahm ein paar Schottersteine vom Weg auf und warf sie zornentbrannt in den See. Mara hielt Abstand und rief ihm zu.

„Maddy, du bist hier, um über unsere Trennung zu sprechen. Beantworte mir eine Frage, ohne sofort durchzudrehen."

Maddy warf weiter Steine und blickte dabei aufs Wasser.

„Seamus, sage mir, warum du deine Mutter liebst, sag es!"

Maddy schluckte einige Male und drehte sich zu Mara um.

„Ich bin ihr dankbar. Sie hat sehr viel für mich getan. Sie hält die Familie zusammen, hat ihr Leben lang hart gearbeitet, hat sieben Kinder groß gezogen und mit meinem Vater hat sie es nicht immer leicht. Reicht das fürs Erste?"

„Du bist ihr dankbar. Du hast Respekt. Du hast Mitleid. Warum nennst du es dann nicht so? Warum ergibt Dankbarkeit, Respekt und Mitleid automatisch Liebe? Bei einer Mutter ergeben diese drei Gefühle automatisch Liebe. Wenn eine andere Frau für dich das Gleiche getan hätte, wäre es keine Liebe. Du liebst deine Mutter aus dem einfachen Grund, weil sie deine Mutter ist und weil man Mütter lieben muss. So ist das. Mütter liebt man automatisch, aber vielleicht ist das gar keine Liebe, sondern Pflichterfüllung."

Mara kämpfte mit ihrer Beherrschung. Die alten Wunden fingen heftig an zu bluten. Eine Woge aus Traurigkeit und Verlust kam über sie. Sie kämpfte einen Kampf, den sie nicht gewinnen konnte. Dieses Dilemma wurde ihr erstmals richtig bewusst. Es sah ganz so aus, als würden beide auf diesem Spaziergang verlieren.

„Du willst dir was beweisen und verunglimpfst ehrliche Leute, sprichst über Liebe, aber rennst vor deiner eigenen Ehe davon. Du bist doch krank. Du denkst zu viel über Dinge nach, die du nicht ändern kannst. Eine Mutter wird immer eine herausragende

Person im Leben eines Menschen sein. Daran werden auch deine verrückten Verdrehungen nichts ändern."

„Es geht mir nicht darum, ob du deine Mutter liebst, Maddy", sagte Mara nachdringlich und fuhr trotz ihrer Aussichtslosigkeit fort. „Mein Gott, lieb sie über alles. Es geht mir darum, warum du sie liebst."

„Warum liebt man seine Mutter? Was für eine bekloppte Frage! Du bist echt kaputt, Mädchen. Wo geht's hier zurück zum Hotel? Auf so eine Scheiße hab ich keinen Bock. Du bist doch krank, reif für die Psychiatrie."

Funkstille. Mara wunderte sich über das Gespräch, das sie so gar nicht geplant hatte. Wer sich traute, die Mutterfigur infrage zu stellen, musste sich gefallen lassen, für idiotisch erklärt zu werden. Aber was war nun mit der Liebe? Sollte sie die Ketzerin der Liebe sein? Sollte sie die Liebe, von der die meisten Menschen sprachen, anzweifeln? Woher wollte sie die Stärke nehmen, sich gegen den Rest der Welt aufzulehnen? Warum sollte sie es überhaupt besser wissen? In Anbetracht der ausweglosen Situation tat es ihr jetzt leid, was sie über seine Mutter gesagt hatte und dass Maddy so sehr darunter litt.

Sie gingen wortlos nebeneinander her. Jede Sekunde konnte entscheidend sein. Maddy könnte ausflippen und einfach abhauen, genau so könnte er zahm ihre Hand nehmen und sie beruhigen. Bei ihm war alles drin. Mara merkte, wie ihre Knie weich wurden und ihr das Laufen schwerfiel. Sie erinnerte sich an einen Satz, der ihr wie ein Tattoo fest ins Fleisch geschrieben stand: *Wenn du die Liebe gesehen hast, wirst du sie nicht mehr vergessen.* Augenblicklich richteten sich ihre Gedanken auf Daria und die Kinder. Ein beruhigendes Gefühl kam über sie, strömte durch ihren Brustraum bis zu ihren Augen, die gleichzeitig lächeln und weinen wollten. Die Liebe erlaubte keine Kompromisse. Sie hatte sich für diese Art von Liebe entschieden. Nur das zählte jetzt und für immer. Befreit nahm sie plötzlich Maddys Hand und fragte:

„Willst du mich immer noch überreden, nach Irland zu kommen?"

„Das war meine Absicht. Ich kenne dich nicht mehr, Mara. Warum musst du alles verdrehen? Jesus, was willst du denn? Dein Leben hier, ist das ein Zuckerlecken?"

„Ich möchte mir treu sein, Maddy, und das ist nicht immer leicht, wenn alles gegen mich spricht. Ich glaube zu wissen, was die Liebe von mir möchte und nur dort, wo sie ist, will auch ich sein."

„Du glaubst also, dass ich dich nicht liebe?"

„Du sagst, dass du mich liebst. Ich glaube dir, dass du es ehrlich meinst. Nur warum fühl ich deine Liebe nicht dort, wo ich sie fühlen möchte, in meinem Herzen?"

„Weil du dein Herz mit einem Stacheldrahtzaun umgibst. Du lässt mich nicht mehr zu dir, dabei haben sich meine Gefühle für dich nicht geändert. Du bist meine Frau. Ich möchte dich zurück haben, mein Leben mit dir teilen. Ich möchte eine Frau an meiner Seite. Ich will für jemanden sorgen. Ich will eine eigene Familie. Ich habe einen Job, Geld. Ich liebe dich."

„Du bist lieb, Maddy. Du erinnerst dich, dass ich dir in Irland oft vorgeworfen habe, nicht mehr der gleiche Maddy zu sein, den ich geheiratet hatte. Ich habe viel darüber nachgedacht. Ich sehe ein, falsch gehandelt zu haben. Du hast dein Verhalten dort über zwanzig Jahre gelernt. Das konntest du nicht einfach ablegen. Es gehört zu deiner Identität. Du bist ein Ire und Iren sind eben so. Wenn man das nicht mag, dann sollte man keinen Iren heiraten. Ich bekam eine regelrechte Allergie gegen alles Irische. Seit unserer Trennung hat sich das relativiert. Ich sehe, wie die Dinge dort laufen, und kann sie mittlerweile akzeptieren. Ich habe oft überreagiert. Heute sehe ich, wie sehr du ein Teil dessen bist, und mache dir daraus keinen Vorwurf. Aber ich habe die Wahl, ob ich auch ein Teil dessen sein möchte. Ich habe gewählt, Abstand zu nehmen, und an diesem Abstand möchte ich reifen. Ich sage dir hiermit, dass ich dich sehr lieb hab, aber noch nicht reif bin, mich ein zweites Mal auf das Abenteuer Irland mit dir einzulassen. Im Moment fehlen mir dazu die Kräfte."

„Mara, ich kann mich ändern. Wir könnten wegziehen, zum Beispiel nach Kerry an die Küste, wo du immer gerne hin wolltest. Wir müssen kein Haus mehr kaufen und wir können sparen, statt Kredite aufzunehmen. Ich muss auch dazulernen. Gib mir eine Chance. Wenn du willst, zieh ich zu dir nach Deutschland." Mara merkte, wie ihr die Tränen in die Augen schossen.

„Mach es mir nicht so schwer. Ich finde es ganz toll, dass du gekommen bist", sagte sie leise. „Es ist ein wichtiger Schritt für dich und mich. Aber ich werde nichts überstürzen. Wir bleiben weiter Mann und Frau, wenn du möchtest. So eine Trennung ist ein langer und komplizierter Prozess. Für beide wäre es gut, wenn wir diesen Prozess bewusst durchlaufen. Wir werden rechtzeitig erkennen, wann er zu Ende ist. Glaubst du nicht, es wäre an der Zeit, deinen Freunden und deiner Familie, die Wahrheit über uns zu sagen?"

„Ich habe gehofft, dass es nicht die Wahrheit ist. Ich versteh nichts mehr. Lass uns dort ein Bier trinken."

Eine Waldgaststätte hatte noch geöffnet. Sie bestellten sich ein Bier. Am Tisch hielten sie sich die Hände. Worte waren genug gesprochen. Einige Eichen trugen noch Blätter. Ihre herbstliche Färbung berührte Mara, ging sie nicht auch in einen Herbst, in ein Abschiednehmen von einem Traum für den sie gerne einen Ersatz gehabt hätte?

„Weißt du Maddy, wenn ich jetzt aufhöre, nach meiner Liebe zu suchen, werde ich für lange Zeit diese Suche aufgeben. Diese Suche ist auch eine Suche nach mir selber, wer ich bin und was ich hier auf der Erde soll. Bitte akzeptiere meinen Weg. Ich kann nicht anders."

„Was soll ich akzeptieren? Ich verstehe nicht, was du meinst. Alle Menschen sprechen von der Liebe, sagen, dass sie sich lieben. Daran kann nichts falsch sein. Millionenfach wird es täglich bewiesen. Was willst du denn daran ändern? Glaubst du, all die Menschen belügen sich?"

„Ich möchte kein Mitläufer in Sachen Liebe sein, und darum will ich mich ihr ganz und gar stellen."

Maddy ließ die Schultern hängen. Einige Tränen tropften auf seinen Bierdeckel. Sie hielten ihre Hände und schwiegen für den Rest des Weges an der Bahnlinie entlang und zurück über die Steverbrücke bis zum Hotel.

HERBST

Natürlich waren sie am Abend vor der Abreise noch versackt. Emily mussten sie auf dem Weg zum Taxi stützen. Sie hatte alles in sich hineingeschüttet. Ihre Aussichten in der Heimat waren düster. Maddy hatte Mara geküsst und dann mit feuchten Augen die Tür zum Taxi zugeschlagen. Mara wollte ihn nicht gehen lassen. Zu gut kannte sie die auf sie lauernde Einsamkeit. Maddy würde diese Einsamkeit nicht kennenlernen. Er kehrte zu seiner Familie zurück. Sie fand seine Situation armselig, aber immer noch besser als ihre. Sie hatte Angst, in die eigene Wohnung zurückzukehren.

Als sie in dieser Nacht das kalte Geländer im Treppenhaus anfasste und über die sauber glänzenden Marmorstufen zu ihrer weiß lackierten Wohnungstür hinaufstieg, bedeutete jeder Schritt der gefürchteten Einsamkeit näher zu kommen. Als sie aufschloss und den fremden Geruch in ihrer Wohnung wahrnahm, sträubte sich alles in ihr. Sie fiel regelrecht in sich zusammen. Das Gefühl des Verlassenseins war so mächtig, dass es sie auch von all dem, was ihr geblieben war, trennte. Nichts war mehr etwas wert. Mama, Conny, Susanne, Erinnerungen an Daria und die Kinder, Max, alles verschwamm ins Unbedeutsame. Wie ein geplatzter Luftballon, in Fetzen und ohne

Spannkraft so kamen ihr nun alle Beziehungen vor. Sie hatte Maddy verloren, vielleicht für immer. Die Schuld lag auch bei ihr und dafür hasste sie sich. Eine unheilvolle Wolke zog am Himmel auf. Sie glaubte zu spüren, dass es sich bei diesem bedrückenden Gefühl des Alleinseins um dämonische Vorboten einer finsteren Periode in ihrem Leben handeln würde.

COCKTAIL

Maras Schädel brummte, als sie am Morgen nach Maddys Abreise aufwachte. Dreimal in Folge sternhagelblau, das konnte selbst eine junge Frau nicht einfach wegstecken. Sie blieb im Bett und zog die Decke über den Kopf. Der Tag schrie nicht gerade danach, entdeckt zu werden. Gesteuert vom Restalkohol schoben sich lauter negative Gedanken in den Vordergrund. Der Gang zum Jobcenter lag ihr auf der Seele. Aber wofür sollte sie sich bewerben? Um wieder an der Kasse zu sitzen? Das übte keinen Reiz auf sie aus. Sie suchte nach einem richtigen Neuanfang. Aber in dem Moment, als sie sich vor Augen führte, welche Kräfte sie dazu benötigte, ließ sie diese Idee schnell wieder fallen.

Sie versuchte, sich dennoch Mut einzureden. Nur keine Panik, sagte sie sich. Das ist bestimmt der verdammte Alkohol. Sie ahnte allerdings, dass die Tatsachen erschlagend sein würden, wenn sie erst richtig nüchtern sein würde.

Zwei Stunden später saß sie mit einem Milchkaffee am Küchentisch und schaute auf die häßliche Tapete. Das Dachfenster bot keinen ermunternden Anblick. Regentropfen vor grauem Hintergrund erinnerten sie an Maddys Augen und seinen traurigen Blick beim Abschied. Auf dem Spaziergang war sie einige Male nahe dran gewesen, aufzugeben, sich in seine Arme fallen zu lassen. Wie einfach wäre es gewesen, den eigenen Ansprüchen aus dem Weg zu gehen und sich an Maddys Schulter auszuruhen? Sie hätte eine Menge von Maddy haben können. Und nun saß sie hier allein.

Ein zweiter Kaffee sollte sie in Stimmung bringen, wie sonst, wenn sie zu tief ins Glas geschaut hatte. Aber diesmal sagte ihr ein anderes Gefühl, dass der Kaffee es alleine nicht schaffen würde. Im Hintergrund lauerte etwas, das sie noch nicht einzuordnen wusste und bedrohlicher war, als nur ein Kater oder schlechte Laune. Sie hatte den Eindruck, als spähte dieses unbekannte Monstrum nach ihr, wie ein schlitzohriges Ungeheuer, dessen subtile Gemeinheiten ihr das Leben zur Hölle machen würden.

Wie hätte sie auch wissen können, dass sie die besten Voraussetzungen erfüllte, in eine Lebenskrise abzugleiten, die sie psychisch und physisch auf extreme Art und Weise auf die Probe stellen würde. Eine unbarmherzige Spirale hatte begonnen, von ihr Besitz zu ergreifen. Das teuflische Geschwür der Depression hatte sich klammheimlich in ihre Gedanken eingeschlichen und fing dort langsam an zu wuchern. Vorsichtig begann es, sie auf seine verstohlene Art zu schikanieren. Da es zu Maras Naturell gehörte, sich intensiv mit ihrer Lebenssituation auseinanderzusetzen, hatte die Depression leichtes Spiel. Sie brauchte nur ein kleines Rädchen in Richtung Negativ drehen, Enttäuschungen aus der Vergangenheit und Hoffnungslosigkeit aus der Zukunft dazumischen und fertig war der Psychococktail. Mara hatte keine Chance, denn wie sollte sie etwas verhindern, das sie nicht kannte und dem sie wehrlos ausgeliefert war? Also ging sie los an diesem Morgen, die Spirale in die Tiefen der Bedeutungslosigkeit.

ABWÄRTS

Was wenn Maddy recht hatte, und sie wirklich einer verschrobenen Idee hinterherlief? Maddy hatte ihr den Spiegel vorgehalten. Er hatte ihr gesagt, dass sie krank sei. Mara begann, sich ernsthaft Sorgen um ihren Verstand zu machen. Was oder wer im Leben leitete sie? Sie taumelte wie ein loses Blatt im Wind. Das war ein Scheißgefühl. Ihre Orientierung, Beruf, Freundschaft, Familie, Mann, Heimat, Interessen, nichts davon erregte mehr ihre Aufmerksamkeit oder gab ihr Halt. Mit ihrer Entscheidung, die Trennung von Maddy durchzuziehen, hatte sie einen weiteren Schritt aus dem normalen Lebensrahmen heraus getan, dem Rahmen, der sonst das Leben in seinen Fugen zusammenhielt. Sie war frei, fühlte sich aber hundeelend.

Mara stand auf und musste sich bewegen, sonst wäre sie innerlich erstickt. Sie goss Wasser in die Kaffeemaschine und löffelte frischen Pulverkaffee auf die nasse dunkle Masse vom ersten Aufguss. Ein Blick aus dem Fenster signalisierte nach wie vor trübe Aussichten. Noch hatte sie die Kraft, sich selbst kurz wieder in den Boxring zu schicken. Die dritte Tasse Kaffee brachte den Durchbruch. Sie legte eine CD aus Aruba ein, holte Schreibzeug und Papier und begann, einen Brief an Paul zu schreiben.

Lieber Paul,
Meine Suche nach der Liebe hat mich auf eine verlassene Insel geführt. Ich komme mir vor wie eine Schiffbrüchige oder eine Marionette, dessen Spieler verstorben ist und die nun verstaubt auf dem Trödel verramscht werden soll.
Dadurch, dass ich meiner Suche nach der Liebe treu geblieben bin, habe ich liebe Menschen aus meiner Nähe vertrieben. Macht die Liebe einsam, oder bin ich auf der falschen Spur?
Im Moment denke ich, dass die Liebe mich einsamer macht, obwohl das nicht ganz stimmt. Sie macht mich einsamer nach außen, aber reicher nach innen, nur fällt es mir im Moment schwer, mein Innen zu erforschen.
Jetzt, wo ich Ihnen schreibe, geht es mir schon besser. Paul, bitte geben Sie mir Rückenwind. Ich brauche einen Motor, oder besser, einen Marionettenspieler mit einem gelenkigen Händchen.
Liebe Grüße,
Mara

Die Uhr zeigte auf zwölf an diesem Morgen voller grauer Schleier am Zukunftshimmel. Arbeitslosigkeit hatte ihre unbestreitbaren Vorteile. Mara liebäugelte einen Moment damit, nach dem Duschen kurz wieder ins Bett zu gehen, sich die Kopfhörer aufzusetzen und einfach abzutauchen. Leider zerplatzte diese Versuchung an ihrem Ärger über die roten Flecken am Hals. „Eine McDowell Allergie, wusste ich's doch", rief sie in Richtung Spiegel und kramte ihren roten Rollkragenpullover aus der untersten Schublade. „Verfluchter Mist! Warum ausgerechnet am Hals? Am Hintern wär mir egal. Da guckt keiner hin, bin ja allein."

Etwas wehmütig dachte sie an Maddy, der die Flecken an ihrem Hintern ruhig sehen dürfte. Er würde sie alle einzeln wegküssen.

Mara radelte zum Postamt, warf den Brief an Paul ein und traf Klaus Thüner, einen ehemaligen Klassenkameraden, der gerade aus der Sparkasse kam und in seinen BMW einsteigen wollte.

„Bist du es, Mara? Nah klar bist du es! Unser Blondchen mit den süßen Kringellöckchen. Bist du bei den Grünen gelandet? Immer schön Fahrrad fahren. Erzähl, was machst du so?"

„Zum Beispiel Klaus Thüner treffen, der sich, wie ich sehe, eine goldene Nase an der Wirtschaftskrise verdient. Wie geht es dir?"

„Der Immobilienmarkt wirft keine nennenswerten Gewinne mehr ab. Die Rendite auf dem Goldmarkt hat mich aus der Talsohle gerettet. Eigentlich komm ich aus dem Versicherungssektor."

Klaus Thüner lehnte sich leger an seinen Wagen und betrachtete Mara ungeniert von unten bis oben.

„Wo kriegt man denn im Oktober so eine Bräune her, Mallorcagrill oder alles Studio?"

„Aruba!", strahlte Mara selbstsicher, als wüsste jeder, wo das war. „Und du? Arbeitest du in Haltern oder schaust du nur privat vorbei?"

„Mich kriegst du aus Haltern nicht weg. Hab'ne schöne Eigentumswohnung in der Nähe vom See. Was will ich mehr? Geld verdienen musst du überall. Da bleib ich doch besser gleich im schnuckeligen Haltern. Ich hab gehört, du bist verheiratet. Da hat sich die kleine Wilde aber schnell zähmen lassen."

„Du fährst nicht zufällig zum Baumarkt und anschließend wieder hierhin?"

„Kann ich einrichten. Ich streck meine Mittagspause, flexible Arbeitszeiten, modernes Management, verstehst du? Was hältst du von einer Jupp Schale zum Mittag?"

„Was ist das denn?"

„Eine kulinarische Wundertüte: Pommes, Gyros und ganz viel Krautsalat oben drauf. Komm, ich fahr dich hin. Was willst du denn im Baumarkt?"

„Farbe kaufen."

„Ziehst du etwa nach Haltern?"

„Nein, bin ich schon."

„Super! Lass uns fahren! Ich hab gleich einen Termin mit einem Mieter. Haste nur Ärger mit."

Klaus fand nichts dabei, viel über sich zu reden, aber die Jupp Schale war ein echter Tipp gewesen. Die hatte sie entschädigt. Im Baumarkt machte sie Nägel mit Köpfen. Fünf Liter de luxe Pink, einen kleinen Pinsel für die Kanten und eine Rolle. Glücklich über ihren Kauf setzte sie sich zu Klaus ins Auto, der auf dem Rückweg noch beim Aldi vorbeifahren wollte, um Vorräte für seinen Kühlschrank zu kaufen. Mara bat ihn, ihr eine Flasche Sekt mitzubringen. Heute Abend würde ihr Schlafzimmer in genau der Farbe erstrahlen, die sie sich immer gewünscht hatte.

Allerdings hatte die Sache einen Haken. Es gab ein Streichverbot. Herr Schmittke, ihr Vermieter, war einer von der genauen Sorte. Die Hausordnung las sich wie das Strafgesetzbuch. Sie konnte nicht verstehen, wie andere Leute zwischen den Tapeten ihrer Vormieter leben konnten. Mara sah darin ihr Grundrecht auf freie Entfaltung verletzt und wollte sich nun nicht länger beugen.

Klaus hatte sie zurück zu ihrem Fahrrad gebracht. Interessant fand sie, wie schnell sie sich näher gekommen waren. Für sie war die Hemmschwelle relativ schnell gesunken, nur weil sie ihn von früher kannte. Sich noch mehr Gedanken um Klaus Thüner zu machen, fand sie dann doch erschöpfend.

Ihre Fingerspitzen waren abgestorben, als sie zu Hause ankam. Sie hatte den Eimer beim Fahrradfahren festhalten müssen. Am Lenker war er zu klobig, baumelte hin und her und hätte sie beinahe von der Bordsteinkante gerissen. Der Stahlbügel hatte die Blutzufuhr zu ihren Fingern abgeschnitten. Was half da am besten? Ein Glas Sekt. Das brachte Stimmung in den Kreislauf.

Die Steelband schepperte und ein Frauenchor schmetterte ihr Lieblingslied *Women of the Sun*. Zuerst sollte die Tapete in ihrem Schlafzimmer dran glauben. Die Bilder wurden vorsichtig abgehängt, Nachttisch und Bett von der Wand abgezogen und der karierte Teppichboden mit dem Wochenspiegel fein säuberlich zugedeckt. Zufrieden leerte sie ihr Glas und schaute auf die glänzende Pinktunke, in die sie gleich die weiße Farbrolle eintauchen würde. Die dickflüssige Farbe legte sich wie eine zähe Karamellmasse über die Rolle und wurde dann, ohne dass es tropfte, in einem breiten Strich über die Wand gerollt.

„Bang! That's it!", jauchzte sie und wackelte dabei schwungvoll mit den Hüften. Von den Iren hatte sie gelernt, was es heißt, ein Wohnzimmer dunkelrot zu streichen oder ein Haus violett anzumalen. Sie wollte pink, weil Pink würde am besten die Geister ihrer Vormieter verscheuchen und außerdem würden so die Bilder von Maria und Theresa einen perfekten Hintergrund bekommen.

Es war lange dunkel geworden, als Mara die Rolle weglegte. Die Flasche Sekt war leer und der Hunger groß. Sie schob eine Tiefkühlpizza, die Klaus ihr geschenkt hatte, in den Ofen. Seiner Meinung nach sollte das die beste Tiefkühlpizza sein, jedenfalls was das Preis-Leistungs-Verhältnis betraf.

TALFAHRT

Eine Woche später war das Leben an Mara vorbeigestrichen, so wie es an einem Bär vorbeistreicht, der seinen Winterschlaf hält. An das späte Aufstehen hatte sie sich schnell gewöhnt, genau so wie an das Pink ihres Schlafzimmers. Lange schlafen war kein Privileg mehr, sondern eine Notwendigkeit. Wie sollte sie früh aus dem Bett steigen, wenn ihr jede Nacht erst nach 1Uhr die Augen zufielen? Die Kälte hatte Anfang November Einzug gehalten. Frost. Um fünf wurde es dunkel.

Sie hatte den Tag vertrödelt, Musik gehört und ferngesehen. Jetzt lag sie im Bett und fühlte sich lustlos. Der Bestseller *Eat Pray Love* lag auf ihrem Nachttisch. Sie hatte vor einiger Zeit mit dem Lesen angefangen und seit ein paar Tagen hatte sie sich erneut in die Geschichte vertieft. Warum hatte sich die Heldin in das Land Italien verliebt? Was für eine Liebe war das, wenn man die Sprache eines Landes mehr liebte als die Menschen? Mara sah darin keine Liebe, eher eine Form von Genuss oder Ablenkung. Schließlich nahm die Heldin gewaltig zu.

Eat stand für Verdauen ihrer Scheidung oder Trennung. Leider hatte sie einen Mann erwischt, der alles andere als liebenswert war, das Gegenteil von Maddy. Wie konnte die nette Heldin der Story so ein

Scheusal heiraten? Logisch, dass sie Fett ansetzte, als sie ihn los war. Fett schützt vor Kälte und vor Scheißkerlen. Leider fühlen Frauen sich beschissen mit dem überschüssigen Kummerspeck und deswegen essen sie noch mehr. Manche kommen nie mehr los davon, glauben am Ende es sei genetisch. Mara bedauerte alle Frauen und sich besonders.

Sie stand auf, stellte sich auf die Waage und machte ein bedenkliches Gesicht. Seit ihrer Rückkehr aus Irland hatte sie sechs Pfund abgenommen. Ihr Gesicht verfinsterte sich weiter, denn sie besann sich, dass sie durch die vielen Streitigkeiten mit Maddy über viele Wochen hinweg bereits fünf Pfund abgenommen hatte. Das machten insgesamt elf Pfund.

„Ich werde weniger", sagte sie zu sich. Ohne Appetit zu verspüren, griff sie zur Kühlschranktür. Sie öffnete ein Glas Rollmöpse, stellte es aber gleich wieder weg. Erinnerungen an Gerdes und seinen Fischmund töteten sämtliche Geschmacksnerven auf der Stelle. Das Einzige, was ging, war ein Glas Rotwein und ein Stückchen Camembert mit grünen Pfefferkörnern. Als das Glas leer war, wickelte sie das noch verbleibende Käsestück, verziert mit ihren Zahnabdrücken, wieder in die Umhüllung. Sie goss sich einen Baileys Kaffeelikör ein und las die nächsten Seiten in ihrem Roman.

TIEFER

Mit einem Brummschädel wachte sie am nächsten Mittag auf. Eine halb leere Baileys Flasche stand auf dem Tisch. An der Tür lag ein Brief vom Jobcenter. Wieder nichts von Paul. Ein loses Blatt Papier mit unleserlichen Kritzeleien lag auf der Spüle. Das musste sie gestern Nacht noch geschrieben haben. Sie versuchte, die Zeichen zu entziffern.
Was ist ein Telefon, wenn es nicht schellt?
Was ist ein Hund, der nicht mehr bellt?
Blume, welke Blume. Wohin mit dir?
Nicht mal die Taube hält zu mir.
Über das Telefon hatte sie so manchen Tag der letzten Woche gegrübelt und gefragt, warum es nicht schellte. Außer Mama hatte nur Maddy zweimal getextet. Klaus hatte sie zum Essen eingeladen. Darauf hatte sie nicht reagiert. Maddy hatte sonst immer angerufen, nun schickte er nur noch Texte.

Der Hund in der zweiten Zeile war natürlich sie. Die Wilde, wie Klaus sie kürzlich genannt hatte, war verstummt. Käfigkoller. Wenn ein Hund nicht mehr bellt, ist er krank, ein kranker Hund.

Wohin mit der welken Blume, die in Wahrheit ihre Liebe bedeutete? Diese Blume welkte ungeheuer schnell. Keiner da zum lieben. Mara fühlte die Leere, die sich in diesem Satz zusammenballte. Ihr Innerstes verlangte so sehr nach Liebe, Liebe zum Geben und Liebe zum Nehmen, ganz einfach nur Lieben.

Und in der letzten Zeile stand ihr ganzes Verlassensein. Letztes Mal hatte Paul umgehend geantwortet, jetzt war er zwei Tage überfällig. Nein, in ihren Augen war nicht die Brieftaube schuld. Sie war es, die leiden sollte. Vielleicht war das Pauls stille Botschaft. Was sollte all das, was da mit ihr passierte? Noch nie im Leben hatte sie sich so einsam und elend gefühlt.

Es schellte. Das musste Mama sein. Sie wollten beide nach Recklinghausen fahren, um ein paar Wintersachen einzukaufen. Mara schaute sich entsetzt um. Die vergangenen Abende hatten Spuren hinterlassen und sie war nachlässig geworden. Eigentlich wollte sie noch aufgeräumt haben, aber sie hatte verschlafen. Überall standen leere Weinflaschen herum. Hektisch griff sie nach den Flaschen und steckte sie in die Wäschetruhe. Zum Schminken ihrer verkniffenen und noch verschlafenen Augen war es zu spät. Und prompt sprach Mama sie darauf an.

„Kind, es ist elf Uhr. Bist du gerade erst aufgestanden? Du siehst noch ganz verschlafen aus. Komm, ich mach dir einen Kaffee, und du gehst dich flott anziehen. Dann trinken wir noch eine Tasse zusammen."

Für Mara und Mama war dieser Einkaufsbummel von besonderer Bedeutung. Vor drei Tagen, als Mama unangemeldet zu Besuch kam, hatte sie das gestrichene Schlafzimmer entdeckt und Mara eine Szene gemacht. Mama wusste vom Streichverbot des Vermieters und fürchtete, ihre Tochter könnte in Schwierigkeiten geraten. Sie hatten sich gestritten. Jetzt zusammen was zu unternehmen tat deswegen doppelt gut.

Die Shopping Tour war ein Erfolg. Mama hatte sie zum Essen eingeladen und ihr einen Wintermantel gekauft. Gelöst kehrte Mara zurück in ihre Wohnung.

Ein brauner Briefumschlag klemmte in der Postklappe der Tür. Sie musste ihn im morgendlichen Halbschlaf übersehen haben. Das blaue Luftpostzeichen konnte nur was Gutes verheißen, entweder Aruba oder Irland. Paul hatte geschrieben. Das wollte sie genießen. Sie machte sich einen Kaffee und las.

Liebe Mara,
Wenn wir Ärger, Zorn und Sorgen keinen Spielraum mehr lassen, wenn wir sie abschütteln, wie der späte Herbstwind die frostigen Blätter von den Bäumen weht, werden wir selber Zeuge, dass wir alles Existierende grenzenlos lieben können.
Im Leben geht es darum, das Tor der Liebe zu öffnen. Das ist oft mit Leiden verbunden. Es gibt einen fundamentalen Unterschied zwischen der Liebe und dem Leiden. Das Leiden, das wir hauptsächlich durch unsere Angst erzeugen, kann vollständig verschwinden. Das kann mit der Liebe nicht passieren. Es ist vollkommen egal, was auch immer auf der Erde geschieht, die Liebe ist unauslöschbar. Das

Leiden hingegen kann vollständig vergehen. Deswegen ist die Liebe ein universelles Gut und nicht das Leiden. Nun wissen Sie, liebe Mara, warum es so wichtig ist, sich um seine Ängste zu kümmern. Wenn Sie die Einsamkeit überwinden, werden Sie weniger Angst haben. Dann sind Sie frei für die Liebe. Viel Glück!
Paul

Da war er also wieder, der heilige Weg der Liebe. Aber so einleuchtend der Brief auch war, sie fühlte sich hilflos. Dass sie noch vor einiger Zeit eine Liebesforscherin sein wollte, darüber ging sie gelinde hinweg, als wäre diese Idee nur eine Liebelei mit einem Phantom gewesen.

Ihr Interesse am Alltagsleben teilzunehmen war auf null gesunken. Sie erkannte die Vernachlässigung ihrer sozialen Kontakte, aber das führte nur zu weiteren Vorwürfen. Das Gefühl der Leere wurde jeden Abend weggetrunken, kam aber morgens umso schlimmer zurück.

Schritt für Schritt schuf sich die Depression in ihrem angeschlagenen Inneren ein bequemes Zuhause. Sie war wählerisch geworden, niemand war ihr mehr gut genug. Außerdem sah sie sich selbst immer kritischer, was den destruktiven Taumel beschleunigte.

TUNNEL

In lichten Momenten wurde ihr immer wieder klar, dass es eigentlich keine zwingende Erklärung gab, warum sich ihr Leben so massiv verschlechtern sollte. Doch wenn sie sich eine Farbe für ihr momentanes Leben aussuchen sollte, dann wäre das Dunkelgrau gewesen. Das Grau war morgens am schlimmsten. Manchmal wünschte sie sich, Max würde vor ihrer Tür stehen, aber ehrlich war der Wunsch nicht, denn er erregte zugleich unkontrollierbare Ängste. Würde er wirklich kommen, würde sie ihm so schwach nicht unter die Augen treten wollen. Käme er allerdings als Engel, als schwarzer Engel, dann brauchte sie sich nicht zu schämen, dann durfte sie echt sein. Aber die echte Liebe, die sie so akzeptierte, wie sie gerade war, die traute sie Max nicht zu.

Eines Morgens, nach reichlichem Alkoholkonsum am Vorabend, meldete sich eine neue Stimme, die ihr zwar irgendwie bekannt vorkam, aber die sie erst an diesem Morgen richtig registrierte. Sie wurde den Eindruck nicht los, dass es sich dabei um eine neue Zimmergenossin handeln könnte, die sich schon länger angekündigt hatte, aber nie so, dass sie ernsthaft bei ihr einziehen würde. Um es genau zu sagen, stellte sich die Stimme als ihr nächster Verwandter vor, quasi als Zwillingsschwester, die von nun an das

Kommando übernehmen würde. Mara war sich ihrer neuen Partnerin bewusst. Sie trat als Beraterin auf, zum Beispiel, wie sie am besten etwas vermeiden konnte. Sie hatte die besten Ausreden auf Lager, und dann waren da die Schlafstörungen und der Gewichtsverlust - besonders gute Freunde der Zwillingsschwester. Und der negative Kreisel, der tanzte jeden Tag seine Leier runter. Auch der gehörte zum Gepäck, das nun mitten in ihrer Wohnung stand.

Mara hatte sich im Strudel von Selbstvorwürfen und Hoffnungslosigkeit verloren. Ihr Selbstbild schwand und so entstand ein freier Raum. In diese Lücke schlüpfte die hinterhältige Schwester mit dem Namen Depression. Mara war es seit ihrer Kindheit gewohnt, sehr gut auf innere Vorgänge zu achten. Diese Eigenschaft half ihr nun dabei, ihre neue Mitbewohnerin besser erkennen zu können.

„Depression", sagte sie manchmal unvermittelt zu sich, „deine irischen Wurzeln stecken tief. Ich erkenne dich Depression. Ich sehe dich Schwester. Du machst deine Sache gut."

Mara konnte auch die Elemente der Depression erkennen, weigerte sich aber, etwas dagegen zu unternehmen. Wie konnte es anders sein? Dafür sorgte ja gewissenhaft ihre neue Schwester. Der Rückzug aus der Öffentlichkeit wurde immer deutlicher, der Alkoholkonsum stieg mit dem Willensverlust und das Gewicht fiel mit der Selbstachtung. An manchen Tagen krallte sich die Frage nach dem Sinn ihres Lebens so tief in ihr Fleisch, dass sie sich auf eine gefährliche Schieflage zubewegte.

DUNKEL

Nach weiteren quälenden Wochen saß Mara bei Herrn Böckmann, Diplom Psychologe, im Sprechzimmer.
„Guten Tag, Frau *Mäckdauel*. Habe ich das so richtig ausgesprochen?"
„Das stimmt schon."
„Frau McDowell, darf ich Sie zunächst fragen, warum Sie zu mir gekommen sind?"
„Mein Hausarzt vermutet, dass ich eine Depression habe. Ich weiß nicht, ob die Kasse meinen Besuch bei Ihnen übernimmt. Ich komme auf eigene Veranlassung."
„Das regeln wir später. Sagen Sie mir bitte, warum Sie glauben, dass ich etwas für Sie tun kann."
„Vor einigen Wochen habe ich die letzte große Chance ausgeschlagen, meine Ehe wieder in Ordnung zu bringen. Seitdem steigen meine Selbstzweifel. Ich habe versagt und zwar auf ganzer Linie. Oft stecke ich fest in Vorwürfen gegen mich und alle anderen. An Freundschaften bin ich nicht interessiert. Ich gehe nicht mehr raus, treffe niemanden und wenn, dann find ich Ausreden, um schnell wieder allein zu sein. Dummerweise trink ich zu viel Alkohol. Es hilft mir abends, aber morgens muss ich bitter dafür bezahlen, dann leide ich besonders, weil die Flut

der schlechten Gedanken zunimmt und mich tief runterzieht. Ich falle dann in ein Loch aus zirkulierender Negativität. Nach außen hin konnte ich bisher meine Stimmungen verbergen. Ich denke, dass ich Hilfe brauche. Außerdem verliere ich an Gewicht."

Psychologe Böckmann machte ein beeindrucktes Gesicht. Eine solch exakte Selbstanalyse bekam er selten präsentiert.

„Das hört sich nach einer Depression an. Bevor wir uns auf diese Diagnose verlassen können, muss ich mit Ihnen einen Test durchführen. Wären Sie heute schon dazu bereit?"

„Wenn Sie mir dazu raten, wäre ich damit einverstanden."

Böckmann ging zum Aktenschrank und überreichte Mara einen Hefter.

„Hier, nehmen Sie das. Das ist ein standardisierter Testbogen. Sie können ihn im Nebenzimmer ausfüllen."

Etwas widerwillig machte sie sich an die Arbeit. Sie musste einem Standard genügen. Wenn nicht, dann hatte sie keine Depression. Das hörte sich nicht sehr persönlich an.

Das Testergebnis bestätigte die vorläufige Diagnose. Mara hatte eine Depression. Für Herrn Böckmann war eine Depression eine Krankheit. Er schlug vor, Mara zu therapieren.

STANDARD

Zehn Tage später hatte Mara ihren dritten Termin bei Herrn Böckmann. Bisher hatte sich ihr Leben nicht wirklich verändert. Ihr Alltag strotzte noch immer vor trister Monotonie. Sie schaffte es nicht, sich etwas Warmes zu kochen. Es kostete Überwindung, einen Teebeutel in die Tasse zu legen und Wasser aufzustellen.

Sah sie Regentropfen auf dem Dachfenster, konnte es passieren, dass sie eine Stunde nur dasaß und auf den Boden starrte.

„Ich bin ein hoffnungsloser Fall", sagte sie zum Auftakt ihrer Therapiestunde bei Böckmann. Je mehr ich über meine Antriebslosigkeit nachdenke, desto schlimmer wird sie."

„Kein Wunder, Frau McDowell, es ist ein untrügliches Zeichen der Depression, dass sie unaufhörlich für negative Gedanken sorgt. Lassen Sie uns heute mit der Ursachenforschung weiter machen. Sind sie bereit?"

„Ich bin soweit."

„Wie stehen Sie zu Ihrem Vater?"

„Wir sehen uns selten. Aber wenn wir uns sehen, verstehen wir uns gut. Ich meide ihn in letzter Zeit, weil ich mich schäme, ihm die Wahrheit über meinen Zustand zu sagen."

„Ihre Schilderungen sind eher sachlicher Natur. Wie stehen Sie emotional zu ihm?"

„Nicht anders als zu anderen Menschen. Ich respektiere und schätze ihn als Mensch. Er ist ehrlich und hilfsbereit. Ich mag ihn, wenn Sie das meinen."

„Er ist immerhin ihr Vater. Gehen Sie bitte in sich und lassen Sie alles hochkommen, was hochkommen will. Denken Sie an Ihren Vater, zum Beispiel, wie er zu Ihnen war, als Sie noch ein Kind waren, oder später als Teenager. Erlauben Sie ihrer Psyche, sich zu öffnen."

„Ich kann mich noch gut an die Spaziergänge mit ihm erinnern. Wir gingen in den Wald und sammelten Steine, Farne, verrottete Äste, alles Mögliche. Wir gingen immer sonntags, wenn meine Mutter das Essen zubereitete. Er kannte alle Wälder in der Umgebung."

„Möchten Sie über einen Spaziergang im Besonderen sprechen?"

„Was meinen Sie?"

„Nun, ich meine, ob Sie mir mehr mitteilen möchten. Könnte es etwas geben, das Sie verbergen? Depressionen treten oft im späteren Leben auf, weil Sie ein traumatisches Ereignis zudecken, das sich seinen Weg an die Oberfläche bahnen will."

„Wenn Sie an sexuellen Missbrauch denken, dann liegen Sie falsch. Ich habe meinen Vater als Kind sehr gemocht."

„Ich möchte trotzdem hier nicht locker lassen. Liebten Sie Ihren Vater als Kind?"

„Ich denke, dass ich meinen Vater so geliebt habe, wie Kinder ihre Väter lieben. Beantwortet das Ihre Frage?"

„Sie halten das sehr allgemein. Könnten Sie die Frage auch mit Ja oder Nein beantworten?"

„Ja, ich habe meinen Vater geliebt, wie ein Kind einen Erwachsenen lieben kann."

„Ich habe das Gefühl, dass Sie mir ausweichen."

Mara spürte, wie sich Abwehr in ihrem Innern meldete.

„Und ich habe das Gefühl, dass Sie meine Antworten nicht akzeptieren", sagte sie reflexhaft.

Böckmann lehnte sich in seinem Ledersessel zurück. Mara schlug die Beine übereinander. Böckmann hielt Schweigen für eine Methode, auf Patienten eine Art legitimen Druck auszuüben. Viele Menschen hielten Schweigen für unhöflich. Meistens waren es die Patienten, die das Gespräch wieder aufnahmen. Nicht so in diesem Fall.

„So kommen wir nicht weiter, Frau McDowell", sagte Böckmann nach drei Minuten Schweigen. „Ich muss darauf bestehen, das Thema Vater mit Ihnen klargestellt zu haben. Deswegen möchte ich in dieser Richtung weiterfragen. Lieben Sie Ihren Vater heute?"

Mara lag auf der Zunge, ihren Therapeuten zu fragen, was er unter ‚lieben' verstünde, verkniff es sich aber im letzten Moment und antwortete mit einem klaren: „Nein."
„Welche Ursache könnte das haben?"
„Keine." Mara fand die Fragen irrelevant und war genervt.
„Sie sind sich sicher, dass es keine Ursache dafür gibt, dass Sie Ihren Vater nicht lieben?"
„Ganz sicher."
Halten Sie es für normal, dass Sie ihren Vater nicht lieben?"
„Ja."
Wenn das für Sie normal ist, gehen Sie dann davon aus, dass auch andere Menschen ihre Eltern nicht lieben?"
„Exakt."
„Dann haben Sie und ich unterschiedliche Vorstellungen von der Liebe."
„Höchstwahrscheinlich", sagte Mara betont und wollte nun doch das Thema Liebe auf ihre Art erörtern.
„Herr Böckmann, sagen Sie mir einfach ihre Version von Elternliebe oder Liebe im Allgemeinen. So können wir sicherstellen, über die gleiche Sache zu reden."
Böckmann schob seinen Sessel vom Schreibtisch weg und schlug die Beine über.

„Tut mir leid, Frau McDowell, aber das Fragen müssen Sie schon mir überlassen. Trotzdem will ich mich nicht vor einer Antwort drücken. Es kommt sehr auf den jeweiligen Kontext an und mit welcher Intentionalität das Wort gebraucht wird. Generell beschreibt Liebe das Aufeinandergerichtetsein zweier Menschen, unter Einschluss emotionaler und biologischer Komponenten."

„Und wie wenden Sie das auf die Vaterliebe an?"

„Ich verstehe, worauf Sie hinaus wollen", sagte Böckmann bedacht. „Vaterliebe gibt es nicht automatisch. Das wollen Sie doch sagen, nicht wahr? Vaterliebe wäre dann zu verstehen, als die Liebe, die ein Mensch für den Vater empfindet, aber nicht, weil es sich um den Vater handelt, sondern eben um einen geliebten Menschen, der auch die Rolle des Vater hat. Gefällt Ihnen das besser?"

„Sie kommen mir sehr entgegen. Wenn ich Ihnen nun sage, dass ich meinen Vater sehr lieb habe, dann möchte ich das folgendermaßen verstanden wissen: Dadurch, dass ich mich aus der Kindrolle und meinen Vater aus der Vaterrolle entlassen habe, kann ich ihm würdevoll gegenübertreten, ohne aus der Vergangenheit belastet zu sein. Mit ihm teile ich einen bestimmten Bereich meines Lebens. Hier erweist er sich als Freund und Helfer. Dafür bin ich ihm dankbar und zolle ihm Respekt. Darüber hinaus kenne ich ihn als öffentliche Person und als Ehemann meiner

Mutter. Alles zusammen macht mich fühlen und sagen, dass ich ihn lieb habe. Das ist alles."

Böckmann biss auf das Ende seines Kugelschreibers.

„Ich verstehe Sie nun besser. Trotzdem machen Sie sich nicht ganz frei von der Vergangenheit. Sie verheimlichen Ihrem Vater die Arbeitslosigkeit."

„Ich möchte ihn nicht kränken. Sagen Sie Ihrer Frau immer alles?"

„Das gehört hier kaum hin."

„Sagen Sie das nicht. Wenn Sie Ihrer Frau sagen, dass Sie sie lieben, was verstehen Sie dann unter ‚lieben', in ihrem persönlichen Fall?"

„Ich muss schon sehr bitten, Frau McDowell. Das tut hier nichts zur Sache. Lassen Sie uns nun über Ihren Alkoholmissbrauch reden." Böckmann rückte seinen Stuhl an den Schreibtisch, bereit etwas aufzuschreiben. „Welche Menge konsumieren Sie täglich?"

„Eine Flasche Rotwein und manchmal noch ein, zwei oder drei Baileys."

„Liegt Alkoholismus in der Familie?"

„Nein."

„Haben Sie vor Ihrem Ehekummer getrunken?"

„Nicht regelmäßig."

„Inwiefern leiden Sie unter dem Alkoholkonsum?"

„Ich schäme mich und es macht mir Angst. Bei Verabredungen mit meiner Mutter denke ich daran, ob das meinen Alkolkonsum beeinträchtigt."

„Okay. Lassen Sie uns einen Anfang machen, diese Spirale aufzubrechen. Als sehr kritisch stufe ich ein, dass Sie sich vom gesellschaftlichen Leben zurückgezogen haben. Hier müssen wir ansetzen. Sie haben eine Woche Zeit, sich mit jemandem zu verabreden und einige Stunden in Gesellschaft dieser Person oder einer Personengruppe zu verbringen. Alkohol sollte natürlich bei dieser therapeutischen Maßnahme nicht getrunken werden."

Mara wurde noch über die biochemischen Vorgänge bei Depressionen aufgeklärt und Herr Böckmann erläuterte, welche medikamentöse Behandlung eventuell auf sie zukommen könnte.

SOLOTÄNZERIN

Mara fuhr mit ihrem Fahrrad zum Plus Markt, wo sie sich mit zwei Flaschen Rotwein eindeckte. Sie wechselte die Supermärkte, damit die Kassiererinnen keinen Verdacht schöpften. Als sie selbst noch an der Kasse saß, hatte sie sich die Vorlieben mancher Personen gut merken können. Außerdem kannte sie viele Leute von früher. Alles, was Alkohol betraf, wurde streng geheim gehalten. Zu schnell wurden Gerüchte in die Welt gesetzt.

Zwischenzeitlich hatte sie Paul um Hilfe ersucht, aber seine Antwort enthielt keine konkreten Anweisungen, nichts Praktisches. Sie saß in einem dieser dunklen Löcher. Da halfen keine philosophischen Ergüsse. Als rettenden Supermann schrieb sie jetzt auch Paul in den Wind. Eins kam zum anderen, das Loch wurde immer tiefer, die Aussichten immer schwärzer.

Ihren Alkoholkonsum wollte sie wegen Böckmann nicht reduzieren. Das Trinken garantierte ihr zumindest ein paar sorglose Stunden. Außerdem war sie keine Alkoholikerin. Allerdings sah sie ein, dass sie aus ihrem Versteck heraus musste. Da hatte Böckmann einen guten Vorschlag gemacht. Spontan fiel ihr aber niemand ein, mit dem sie sich treffen könnte.

Die erste Flasche Wein an diesem Abend war halb geleert. Die Steelband jammte. Teelichter brannten überall. Sie blätterte in einem alten Tagebuch von 2005. Vielleicht würde sie darin eine Telefonnummer finden, um ihre von Böckmann gestellte Aufgabe in die Tat umzusetzen.

Auf der Suche nach ihren früheren Freunden fiel ihr erster Blick auf Christopher Baltus. Sie schmunzelte, als sie an ihn dachte. Er war so stolz auf seine schönen Zehen. Wie kann man nur meinen, schöne Zehen zu haben? Zehen sehen nun mal verkrüppelt aus. Ach, Christopher, was hatten wir einen Spaß. Bist schon früh ins indische Goa abgehauen.

Sie blätterte weiter: Monika Stenzel. Mein Gott, Lottchen, du und deine Männer. Sieben Monate Wohngemeinschaft und mindestens zehn Kerle durchgemacht. Die stand auf südländische Typen, auch wenn die Sven oder Jochen hießen. Wäre Monika jetzt hier, würde sie einfach ein paar Kerle mitbringen und davon würde sie sich einen nehmen. Einfach so, als verheiratete Frau.

Manuel Sterzenbach kam als Nächster dran. Die Dumpfbacke. Nur Scheiß im Kopf. Mann, hat der seinen Vater über den Tisch gezogen, die Bilanzen gefälscht und die geklaute Ware verscheuert. Bei ihm war immer Party. Konntest nicht bei mir landen, scherzte Mara mit einem sehnsüchtigen Blick auf die guten alten Zeiten. Manuel, du mit seinem kleinen Arsch.

Pitty Dommes. Ihre Busenfreundin. Was haben wir uns einen Scheiß ausgedacht. Voll bis oben hin, nackt und wollten einen Sexfilm drehen. Mani sollte die Kamera halten. Ihm musste unser Vorspiel zu langweilig gewesen sein. Auf dem Film war nur die Deckenlampe zu sehen. Mani war während der Dreharbeiten eingeschlafen, dieser Blödmann, ein Glück.

Sascha Heffner. Drogenbeauftragter der Clique. Sascha und sein Bauchladen.

Philipp Kappel. Mein lieber Philipp, du warst so ein süßer Liebhaber. Mein Ohrläppchen kriegt jetzt noch Gänsehaut. Deine Zunge hat mich verwöhnt, als wäre ich eine ägyptische Göttin. Die Höhepunkte von dir wurden nie übertroffen, mein Süßer. Leider hattest du zu wenig Mumm."

Mara legte das Tagebuch zur Seite und badete in den schillernden Erinnerungen einer unkomplizierten Jugend. Partybilder, Mannsbilder, kitschige Bilder flackerten vor ihren Augen auf und entführten sie für Minuten aus ihrem dunklen Verließ. Die zweite Flasche Rotwein wurde aufgemacht.

„Morgen werde ich mein Leben umkrempeln. Ein neues Drehbuch muss her", sagte sie mit dem Mut, den ihr der Alkohol verpasst hatte. „Wie wär's mit: das Liebesleben der Mara Mcdowel? Klingt vielversprechend. Ich brauch noch einen Untertitel, sonst denken die Leute, es geht um Sex. Geht es denn nicht um Sex? Das wäre aber schade. Sex, nein Liebe, nein Sex. Ich will Sex, Mr Smartarse, Sex, was sonst, Mara Mc, was sonst?"

Sie war am Küchentisch eingeschlafen und erwachte mit schmerzhaft steifem Nacken. Irgendwie landete sie im Bett.

NACKT IM WALD

Mara wurde mit einem Schreck wach. Hatte es gerade geschellt? Sie sah auf die Uhr. Halb zehn. Wer sollte morgens um diese Zeit an der Tür sein? Es schellte erneut. Sie sprang mit einem Satz aus dem Bett. Zum Glück war sie noch angezogen.

„Guten Morgen, Frau McDowell, ich möchte kurz mit Ihnen reden."

„Kommen Sie rein, Herr Peters. Worum geht es?", sagte sie mit gespielter Freundlichkeit.

„Sie haben gestern wohl eine Feier in ihrer Wohnung gehabt. Das kann vorkommen. Laut Hausordnung sollten allerdings die anderen Mieter vorher informiert werden. Die Musik lief bis um 2 Uhr morgens. Ich habe einen leichten Schlaf und meine Frau auch. Könnten Sie die Musik demnächst etwas leiser machen?"

„Kein Problem, Herr Peters. Alles klar."

Herr Peters warf einen Blick in Maras Schlafzimmer und runzelte die Stirn. Das Pink war nicht zu übersehen und der Farbeimer, der seit Langem dort stand, auch nicht. Über den unerwarteten Besuch hatte sie ihre Kopfschmerzen für kurze Zeit vergessen. Die meldeten sich nun rapide zurück.

Sie stand am Küchentisch und zerknüllte den Zettel mit dem Titel ihres neuen Drehbuchs: *Das Liebesleben der Mara Mc.* Sie schraubte die angebrochene Weinflasche zu. Die leere Flasche schob sie unters Bett, wo sie mit den anderen leeren Flaschen zusammenklirrte.

Der Kaffee schmeckte ihr nicht. Dachte Sie an Essen, wurde ihr übel. Es musste was passieren, aber was? Ratlos quasselte sie vor sich hin:

„Liebesleben, so ein Quatsch. Wer will eine trübe versoffene Tasse wie mich? Warum ruft niemand an? Ich will nicht allein sein. Ich hasse mich. Paul, du Blödmann, könntest mal von dir aus schreiben. Ich komm mir armselig vor, immer muss ich fragen."

Im Spiegel sah sie nur Negatives: Krähenfüße an den Augenrändern, gerötete, leblose Augen, trüber Blick, rote Flecken am Hals, die ihrer Meinung nach größer wurden. Ihrer Haut fehlte der lebensfrohe Schein. Der sonnengebräunte Teint gehörte längst vergessenen Tagen an. Der Zeiger der Waage war unter die 49 gesunken. Ihre Brüste würden bald verschwunden sein, wenn sie so weiter machte.

Zwei Termine beim Arbeitsamt hatte sie platzen lassen. In Mamas Gesicht sah sie dicke Sorgenfalten. Mama lud ihre eigenen Sorgen nicht mehr bei ihr ab, aber dafür erwähnte sie um so häufiger die von Papa. Von ihren Besuchen beim Psychologen wusste Papa allerdings nichts. So gesehen war Mama eine echt gute Komplizin.

Gedankenverloren schrieb sie wahllos Worte auf ein Blatt Papier. Darunter zeichnete sie einen Galgen.

Selbstgespräche zu führen, gehörte mittlerweile zur Normalität.

„Paul, du musst mich retten. Sag mir, was ich hier auf dieser Erde noch soll? Ich werde meine Liebe nicht finden. Wozu das Ganze? Mal angenommen, ich wäre nicht mehr da. Wen juckt das? Die paar Tränen sind schnell vergossen. Schwamm drüber. Kann jemand wenigstens verstehen, dass ich tot sein möchte?"

Mara legte ihren Kopf auf die verschränkten Arme. Sie wünschte sich, all ihre Gedanken würden von einem riesigen Staubsauger abgesaugt werden. Sie sah keinen Ausweg aus der Tretmühle ihrer erdrückenden Gefühle. Dachte sie an den Elan, mit dem sie die Menschen aus ihrem Umkreis früher begeistert hatte, spürte sie, wie sehr sie sich nun dafür hasste, so tief gesunken zu sein. Die steigende Tendenz auf das zu schauen, was sie nicht hatte, veranlasste sie neuerdings ein sehr empfindliches Thema mit in ihre Negativliste aufzunehmen.

Beim Anblick von Maria und Theresa kamen statt Freude schlimmste Ängste auf. Ein kinderloses Leben wäre schrecklich. Sie hatte es nie eilig gehabt, Mutter zu werden, aber eigene Kinder waren einer der wenigen unumstößlichen Meilensteine in ihrem Lebensplan gewesen. Je bedrohlicher die Gedanken, desto tiefer bohrte sich ein dumpfer ausstrahlender

Schmerz in ihren Brustkorb und um ihre Herzgegend wurde es eng.

Manchmal empfand sie Trost, sich unten im Tal zu sehen, denn von da konnte es nur wieder bergauf gehen. Doch die Spirale der Depression bewegte sich unbarmherzig nach unten. Treibsandartig verlor sie ihren Lebenswillen. Sie musste etwas tun, um der lauernden Versuchung, sich still aus dem Leben zu verabschieden, keinen Platz mehr einzuräumen.

Nachmittags war sie auf dem Sofa eingeschlafen und wurde kurz später vom Knall einer Wohnungstür im Hausflur geweckt. Auf dem Boden lag das Blatt Papier, auf dem sie den Galgen gezeichnet hatte. Aus ihrem Augenwinkel sah sie die Zeichnung. Es trat ein Moment der Stille ein. Dann fühlte sie eine neue Form der Melancholie aufkommen, die ihr wie eine düstere Verlockung vorkam. Eine neue, schmeichelhafte Stimme hatte sich gemeldet. Die erste Schwelle zum Selbstmord lockte. Der Tod hatte sich vorgestellt und versprach Erlösung. Er bot sich an, als Freund, als verständnisvoller Helfer. Dann tat sich eine unendliche Weite auf und plötzlich hörte sie ihren Namen, nur leise, weit entfernt und doch so nah und federleicht. Sie ging durch das dunkle Tor in das Land der Seelen, auf einen Besuch für immer.

Überwältigt von der ersten Tuchfühlung mit dieser anderen Welt, zu der der Tod mit dem Schlüssel winkte, hielt sie sich an der Sofalehne fest. Die Verlockung nach Erlösung war so gewaltig, dass sie für kurze Zeit aus der Umklammerung der Depression völlig befreit war. Die teuflische Versuchung hatte sie gepackt und all ihre anderen Kräfte hatten sich geschlagen gegeben. Alles war angesichts des Todes bedeutungslos geworden. Eine frostige Gänsehaut kroch über ihren Rücken.

Es wurde höchste Zeit etwas zu tun. Einmal in der Woche Böckmann war zu wenig, um das gefräßige Monster Depression in den Griff zu kriegen.

Wie von Geisterhand geführt, nahm sie zwei Bilder, die Maria und Theresa für sie gemalt hatten, von der Wand ab und legte sie vor sich hin. Daria hatte vor zwei Wochen einen Brief geschickt, nur ein paar Zeilen, das Übliche, und die beiden Bilder dazugelegt. Wie sie sich nun schämen würde, könnten die beiden Mädchen sie in diesem Zustand sehen.

Die Zwillinge erinnerten sie an ihre eigene Kindheit und ihre Vorliebe für die Geschichte vom Sterntalermädchen. Plötzlich fiel es ihr wie Schuppen von den Augen. Sie war angekommen. Sie stand im dunklen Wald, nackt. Alles hatte sie geopfert. Sie besaß nicht mal mehr sich selber. Ihre Selbstachtung war auf null geschrumpft. Der Geschichte zufolge käme als Nächstes das Glück, das ewige Glück oder der Tod. Was war der Unterschied?

Mit letzten Kraftreserven dachte sie über eine Lösung nach. Immer, wenn sie sich ihre Situation eingestand, sie nicht ablehnte, sondern akzeptierte, dann fühlte sie etwas Erleichterung. Sie sagte plötzlich einfach ja zu sich, auch wenn sie sich völlig unwürdig fühlte. Ja sagen war positiv. Sich wehren war negativ. Sie musste sich vornehmen, bestimmte Gedanken nicht mehr zuzulassen, positive von negativen zu trennen.

„Ich muss mir bewusst machen, was meine Gedanken mit mir machen", sagte sie mit einem Fünkchen Hoffnung. „Und das schaffe ich am besten, indem ich mir bewusst mache, was ich gerade denke oder tue."

Lag es tatsächlich in ihren Händen, etwas zu tun? Sofort meldete sich ihre Zwillingsschwester und erinnerte sie daran, dass sie keine Motivation besaß und eigentlich ein Häufchen Elend war. „Schau dich doch an", sagte sie bedauernd. „Du kannst doch nicht mal mehr vernünftig über die Liebe nachdenken. Lässt alles sausen. Außerdem", so fügte die so überlegene Schwester hinzu, „ist es schon wieder Zeit für ein Schlückchen aus der Flasche."

Wie trickreich ihre zweite innere Stimme mit ihr umging. In dem Moment als sie diese Zusammenhänge deutlicher wahrnahm, fühlte sie auch Erleichterung. Sich die Stimme der Zwillingsschwester bewusst zu machen, verscheuchte diese für eine Weile. Ja, die hässliche Schwester fing an, sich zu verkriechen, sobald sie durchschaut wurde.

Maras aufkeimender Mut erfuhr einen ersten Dämpfer, als sie sich fragte, wie ihre Erkenntnis umzusetzen sei. Was musste sie praktisch tun?

Böckmann hatte gesagt, sie müsse sich verabreden. Das passte zu ihrer Idee. Sie musste von den negativen Gedanken weg. Abwechslung würde bestimmt helfen, dachte sie und griff zum Handy, um sich die gespeicherten Nummern anzusehen. Das Tagebuch hatte sich als Flopp erwiesen. Alle Freunde waren unerreichbar weit weg. Die meisten Nummern im Handy stammten noch aus Irland und die anderen aus München. Aus Haltern gab es nur fünf Nummern, die von Mama, Max, Conny, Susanne und von Klaus Thüner. Max wäre ihr Wunschkandidat gewesen, aber für ihn war sie zu schwach. Er kannte sie als blühende Venus. Ihm mit ihrer depressiven Gemütsverfassung gegenüberzutreten forderte ihr zu viel Mut ab. Dazu reichte es nicht, absolut undenkbar.

Sie verabredete sich mit Klaus Thüner zum Essen. Nach dem Telefonat gruselte es ihr bei dem Gedanken, mit Klaus einen ganzen Abend zu verbringen und sich sein langweiliges Gerede über Geld und Karriere anhören zu müssen. Sie schaute sich erneut die beiden Bilder der Zwillinge an und glaubte, einen guten Schritt getan zu haben. Maria und Theresa lachten ihr wieder im alten Glanz entgegen.

Leider blieb ihr am Abend dieses Tages ein unangenehmer Besucher nicht erspart. Es war ihr Vermieter,

Herr Schmittke. Er erbat sich Einblick in Maras Schlafzimmer. Zornentbrannt beklagte er sich über Maras Missachtung der Mietvereinbarung. Er verlangte von ihr, im Falle ihrer Kündigung, das Schlafzimmer mit einer entsprechenden Tapete wieder herzurichten. Pink sei untragbar. Was sie sich eigentlich dabei gedacht hätte, hatte er gefragt, ohne eine Antwort bekommen zu haben. Eine ehrliche Antwort hätte er nicht verstanden und für eine Diskussion hatte Mara keine Energie gehabt.

AUFSTIEG

Je näher ihr Date mit Klaus Thüner rückte, umso schöner redete sie sich ihren Begleiter. Klaus hatte mit seinen 27 Jahren schon Vorderglatze, was aber zu seiner schlaksigen Figur passte. Hochgewachsen, wie er war, trug er seine Anzüge eine Nummer zu groß. Mara hatte sich bisher noch nie mit Männern in Anzügen eingelassen und verfolgte auch keine Absicht, das zu ändern. Sie wollte nicht mit leeren Händen vor Böckmann treten. Wenn sie die Zusammenarbeit mit ihrem Psychologen verweigerte, riskierte sie, dass er sie für untherapierbar hielt. Sollte Paul sie im Stich lassen, hätte sie absolut niemanden mehr, der ihr helfen könnte.

Ihre Haare hatte sie in den letzten Wochen sträflich vernachlässigt. Die Spitzen sollten ab. Beim Friseur blätterte sie durch ein Frauenmagazin. Ein Aufsatz beschäftigte sich mit dem Thema Liebe. Anhand von zehn Fragen konnte die Leserin Punkte sammeln. Die Summe der Punkte ergab dann ihre Liebesfähigkeit. Eine der Fragen lautete: Wie weit können Sie sich beim Sex fallenlassen? Zur Auswahl standen: ganz, bedingt, schwer, gar nicht. Eine andere Frage lautete: Wie weit können Sie sich auf die sexuellen Wünsche ihres Partners einlassen? Wieder die gleiche Skala von Antwortmöglichkeiten. Mara gefielen die Fragen. Sie las das Ergebnis für die höchste Punktzahl: *Sie sind eine aufgeschlossene moderne Frau mit Hang zu Leidenschaft und Experimentierfreudigkeit. Lust an der spielerischen, erotischen Liebe steht bei ihnen hoch im Kurs. Sie leben ihre Neigungen aus und sind eine Bereicherung für ihren Partner. Sie glauben an die Liebe und haben sie in viele Bereiche ihres Lebens integriert. Liebe ist für Sie ein Lebenselixier. Machen Sie weiter so!*

Mara freute sich über so viel positive Bestätigung für Frauen, die sich für Liebe interessierten. Sie hatte sich bei Maddy selten richtig fallen lassen können und auf seine sexuellen Wünsche einzugehen, hatte sich erübrigt. Er hatte keine. Sie hätte in beiden Fällen nur ‚bedingt' ankreuzen können, obwohl sie sich ‚ganz' gewünscht hätte. Praktische Liebe war also auch eine Frage des Partners und der Kommunikation. Neben der richtigen Partnerwahl hing die Liebe vom Mitteilen und Zuhören ab. Maddy sprach nur nach Aufforderung über seine Gefühle. Wenn sie sich ihm mitteilte, konnte er ihre Gefühle nicht wirklich einschätzen. Jedenfalls hielt er Gefühle für weniger wichtig als Fakten. Mara dachte darüber nach, dass sie bei diesem Test wahrscheinlich nur mittelmäßig abgeschnitten hätte.

Klaus holte sie mit dem Firmenwagen ab. Auf der Fahrt in die Nachbarstadt erfuhr sie von Investment Fonds, Börsenkursen und von seinem großen Schachzug, 2009 rechtzeitig in Gold investiert zu haben. Sie spekulierte im Stillen, über was er sich während des Essens auslassen würde. Hoffentlich langweilte er sie nicht mit seinen Hobbys. Schlimmer wären seine Frauengeschichten. Kämen die, würde sie sich mit plötzlichen Magenkrämpfen aus der Affäre ziehen.

Mara wunderte sich, wie einfach es war, ihren tatsächlichen Zustand zu verbergen. Sie war problemlos in das Kleid der schönen Wilden geschlüpft, so wie Klaus sie aus der Schule kannte. Ihr Make-up ließ selbst ihre traurigen Augen leuchten.

Im Restaurant bestellte sie sich sofort ein Glas Champagner. Für sie war Champagner nichts besonders. Wenn sie in Irland zu einem Dinner eingeladen waren, dann gab es selbstverständlich Champagner. Klaus zog die Augenbrauen hoch. Schließlich war nicht klar, wer bezahlte. Es dauerte nicht lange, da erfuhr Mara von Klaus, dass er in einer festen Beziehung lebte. Sie wurde neugierig.

„Weiß deine Freundin von unserem Rendezvous?"

„Sie denkt, ich bin auf einem Geschäftsessen. Mit ihrer Eifersucht möchte ich mich nicht unnötigerweise anlegen. Die macht mir die Hölle heiß, besonders wenn sie dich sehen würde. Das ist übrigens ein Kompliment."

„Danke. Wäre es im umgedrehten Fall nicht genau so?"

„Ich bin nicht eifersüchtig. Was mich auf die Palme bringt ist Geldverschwendung. Deswegen kommt auch Heiraten nicht infrage. Soll sie mit ihrem Geld machen, was sie will. Wenn wir verreisen, hat sie den Tick, alles zu versichern. Das kostet ein Vermögen, keine Risikobereitschaft. Wenn Möbel angeschafft werden, muss es eine Markenfirma sein. Schuhe müssen aus Italien kommen. Dabei können Italiener am besten Eis machen. Klammotten nur aus der Boutique. Lass sie machen. Mich stört das nicht, solange es ihr Geld ist."

„Das hört sich aber nicht romantisch an."

„Sie hat Stil, das muss ich zugeben. Gehen wir aus, beneiden mich die Männer um sie. Sie steht auf Eleganz. Das macht sie zugleich attraktiv und unerreichbar. Sehr reizvoll für Männer."

„Wollt ihr mal Kinder haben, wenn ich das fragen darf?"

„Ist lange her, das Thema. Wir stecken beide voll im Job. Also, ich hör deswegen nicht auf. Du musst am Ball bleiben, speziell in meiner Branche. Du kriegst ein Gespür für den Finanzmarkt, so eine Art siebter Sinn. Das kann Jahre dauern, bis du ein Profi auf dem Gebiet bist. Mein Chef ist so eine Kanone. Ich muss da jetzt noch ein paar Jahre schuften. Vielleicht kann ich den Laden übernehmen. Dann hab ich das große Los gezogen. Sag mal, was machst du überhaupt?"

Mara hatte mit dieser Frage gerechnet, nahm ihr Glas in die Hand und log:

„Ich bin freie Mitarbeiterin bei einer Frauenzeitschrift. Ich schreibe Kolumnen und manchmal Reportagen, was eben so anliegt." Sie hatte sich vorgenommen, ihm diese Geschichte aufzutischen und keine Skrupel im Vorfeld empfunden, aber jetzt fand sie sich minderwertig. Wie war sie bloß auf eine so bescheuerte Idee gekommen? Sie flehte, bloß nicht abzustürzen.

„Interessanter Job. Stimmt die Bezahlung?"

„Das liegt an den Aufträgen. Ich komme über die Runden. Ich würde dich gerne etwas Persönliches fragen."

„Schieß los", bat Klaus mit lässiger Miene. „Ich werde nicht im Boden versinken."

„Liebst du deine Freundin?"

„Typisch! Auf so eine Frage kommt nur eine Frau. Was interessiert euch nur so an diesem Thema? Also Lilo und ich, wir haben uns relativ gut arrangiert. Sie sagt, dass sie froh ist, mich an ihrer Seite zu haben und ich bin froh, eine Frau im Haus zu haben. Ab und zu sagt sie mir, dass sie mich liebt."

„Das hört sich sehr technisch an."

„Für uns passt das. Es ist wie ein Ritual. Man braucht nicht mehr über dieses ewige Thema Liebe nachzudenken. Das wird doch auch lästig. Und du, hast du dich nach deiner Trennung wieder umgesehen?"

„Vogelfrei. Auf Entwöhnungskur von meinem Mann, Schonzeit oder Rekreationsphase. Such dir was aus! Allerdings gibt es auch Ausnahmen. Derjenige, der mir noch ein Glas Champagner spendiert, hat zumindest meine ungeteilte Aufmerksamkeit."

Mara gehörte in der Schulzeit zu den Topgirls der Szene. Feuchte Träume, mehr war für Klaus damals nicht drin gewesen. Diesmal schienen die Karten günstiger zu liegen. Er bestellte ein weiteres Glas Champagner.

„Hab ich dir übrigens schon gesagt, dass du umwerfend gut aussiehst? Du hast echt'ne tolle Wirkung auf Männer. Mit dir auszugehen, da fällt man auf. Ich fühl mich jedenfalls geehrt. Möchtest du nachher noch woanders hingehen?"

Mara taute auf und Klaus hatte keinen Schimmer, aus was sie auftaute. Sie löste sich zum ersten Mal seit Wochen von ihrer Depression.

„Ist doch schön hier. Lass uns bleiben. Weißt du noch, wie der Kalle im Chemieunterricht seine Haare abgefackelt hat? Das stank und dann kam seine Mutter und hat den Lehmann zur Sau gemacht. Die Stunde war gelaufen."

Für Mara wurde der Abend zur Therapie. Nicht sie war es, die sich zum Zuhören von langweiligen Männergeschichten opferte. Klaus durfte all ihre Erinnerungen aus der Schulzeit und den frühen Partynächten über sich ergehen lassen. Klaus wurde zu ihrem Medium. Ging er zur Toilette, fürchtet sie, er würde nicht wiederkommen. Es war ein Befreiungsschlag der besonderen Art. Wie in alten Zeiten redete sie, wie ihr der Mund gewachsen war und versprühte ihren reizvollen Charme. Sie ergriff die Gelegenheit beim Schopfe und verwickelte Klaus in immer neue Geschichten. Dass er ab und zu auf die Uhr schaute, übersah sie beflissentlich. Sie genoss es, sich aus vollem Herzen mitteilen zu können. Wie grausam war sie zu sich selber gewesen, dachte sie kurz zwischendurch. Sich für so viele Wochen weggesperrt zu haben, grenzte in der Tat an seelische Selbstverstümmelung.

Für ein Geschäftsessen war es zu spät geworden. Klaus würde sich wohl eine neue Ausrede für seine Lilo einfallen lassen müssen. Es war weit nach Mitternacht. Klaus bot sich an, Mara nach Hause zu fahren. Während der Fahrt erzählte sie ihm von ihren Erlebnissen in der Karibik. Ihr Herz sprudelte förmlich über. Die Leidenschaft, die sie mit Worten und Gesten ausstrahlte, schlug Feuer bei ihrem Begleiter. Alles an Mara war plötzlich unwiderstehlich sexy.

Oben in ihrer Wohnung half er ihr aus dem Mantel. Klaus war offenbar kein großer Verführer. Er fragte Mara, ob er sie umarmen dürfe, nur einmal, und gestand ihr, wie außerordentlich aufregend er sie fand und dass es nur bei dieser Umarmung bleiben sollte. Mara meinte, sich bei ihm bedanken zu müssen und ließ ihn gewähren. Als es dann zu mehr kommen sollte, weil Klaus sie zu küssen versuchte, drehte sie sich von ihm weg.

Klaus entschuldigte sich und gestand ihr, dass er noch nie mit einer so schönen Frau ausgegangen war. Mara tat, als überhörte er seine Worte. Sie hatte nur noch Sinn für die Befreiung, die ihr das unaufhörliche Reden bereitet hatte. Sie war für Stunden den Klauen der Depression entkommen, ohne sich besonders angestrengt zu haben. Was Klaus betraf, hatte sie keine Schuldgefühle. Schließlich hatte sie ihm nichts versprochen.

Sie tranken noch ein Glas Wein und dann schickte sie ihn nach Hause. Klaus ging, aber nur unter der Bedingung, dass sie sich wiedersehen würden.

Sie wachte am nächsten Tag ohne Hangover auf, musste aber sofort an die bedrohlichen dunklen Wolken denken, die ihr Leben an jedem Morgen in ein Fass aus Negativität tauchten.

Sie machte sich einen starken Kaffee und nahm sich einen leeren Zettel. Wie war es gewesen? Sie hatte angefangen zu reden. Mit großen Buchstaben schrieb sie *Reden* auf das Blatt. Ich muss reden und zwar über gute Sachen. Sie schrieb *Positiv* als zweites Wort auf. Positiv reden! Das war auf jeden Fall ein kleines Türchen aus dem schwarzen Loch heraus. Dann kam die dritte Frage: Mit wem soll ich reden?

Plötzlich stand dort *Max* auf den Zettel. Sie hatte nicht nachgedacht. Ihre Hand hatte von ganz allein entschieden. Das war ein komisches Gefühl gewesen.

Ein bisschen so wie die Antwort auf eine Herzensfrage, die nicht der Verstand gibt, sondern ein Gefühl.

Ein sanftes Lächeln zog über ihre Wangen. Am gestrigen Abend hatte sie gelacht, erzählt, geplappert und gekichert. Ihr Herz hatte die dunklen Wolken vertrieben, und wenn sie es sich genau überlegte, schien immer noch die Sonne in ihrem Innern. Sie argwöhnte, ob sich die böse Schwester mit einem Vorwurf melden würde, aber da kam nichts.

ZWIELICHT

Keine Widerrede, sie musste Max anrufen. Mit zittrigen Händen hielt sie ihr Handy fest. Nur noch ein Knopfdruck und Max würde in ein paar Sekunden dran sein. Sie dachte ein letztes Mal über diesen Schritt nach, aber eigentlich gab es nichts zu denken.
Als sie seine Stimme hörte, schlug ihr Herz so heftig, dass sie Angst bekam, nicht sprechen zu können.
„Mara, wie schön, dass du anrufst! Endlich!"
Seine Stimme tat ihr gut. Sie holte tief Luft und bemühte sich, ihre Schwäche zu verbergen.
„Ich wollte nur kurz hören, wie es dir geht."
„Es ist alles anders", klang es beherzt auf der anderen Seite. „Seit wir uns getrennt haben, bin ich ein anderer Mensch geworden. Ich möchte dich sehen, unbedingt sehen."
Mara hatte sich vor dem Gespräch auf einen solchen Vorschlag eingestellt. Zuhause würde sie sich am sichersten fühlen. Die Begegnung könnte sehr emotional sein und das sollte ihr in der Öffentlichkeit nicht passieren. Sie willigte ein, ihn nach Feierabend in ihrer Wohnung zu treffen.
Max würde Erwartungen haben und sie war mit Sicherheit nicht in der Lage, sich mit ihm auf eine Beziehung einzulassen. Sie wollte nur positiv reden, so wie sie es auf ihren Zettel geschrieben hatte. Plötzlich

wurde ihr klar, dass sie Max nicht einfach abschütteln konnte wie Klaus Thüner. Max war ein echtes Kaliber von Mann. Sie sah hoch zum Marzipanschwein, das auf dem Regal in der Küche stand. Sie hoffte inständig, er käme nur als Freund.

Das Warten zog sich bleiern hin. Zweifel verkürzten die Zeit aber vergrößerten von Minute zu Minute die Angst, sie könnte versagen und sich fürchterlich blamieren. Als endlich die Türklingel summte, schrak sie zusammen.

Max strahlte sie an und gab ihr einen Kuss auf die Wange. Seine männliche Präsenz erfüllte augenblicklich den gesamten Raum. Dieser Mann hatte alles, was eine Frau begehrte, aber sie wusste plötzlich auch, dass sie nicht in ihn verliebt war.

„Du hast mich lange zappeln lassen", zwinkerte Max ihr zu und legte seine Lederjacke über eine Stuhllehne.

„Das war keine Absicht. Ich habe gerade eine kreative Pause hinter mir. Legst du die Schokolade immer noch auf die warmen Untertassen?"

„Es gibt nichts Schöneres, als zu beobachten, auf welch unterschiedliche Weise die Leute mit weicher Schokolade umgehen. Manche sind erbost und lassen die Schokolade liegen, andere machen es so wie du. Sie lecken sie genussvoll aus dem Papier. Wenn eine so schöne Frau wie du ihre Finger vor meinen Augen ableckt, habe ich so viel Vergnügen daran, dass es die Beschwerden der Gäste bei Weitem aufwiegt."

„Deine Älteste hat ein Stipendium bekommen, habe ich von Daria gehört."

„Sie wird in Utrecht studieren. Ich kann sie dort besuchen, wann immer ich will. Kannst du dir vorstellen, wie glücklich ich bin. Ich habe nie mit meinen großen Kindern zusammengelebt. Jetzt kann ich wenigstens meiner ältesten Tochter ein guter Vater sein."

„Vergiss nicht, dass das auch lästig sein kann. Eine junge Frau kommt gut ohne ihre Eltern aus."

„Da mach dir keine Sorgen. Wir sehen das etwas anders. Ich liebe meine Kleine und sie liebt mich."

Mara freute sich für Max. Wenn das jemand so aus freien Stücken sagte, dann stimmte das wohl auch. Ihr gefiel, dass Max so redselig war. Das gab ihr Zeit, sich auf ihn einzustellen.

„Ich hätte nicht gedacht", lächelte Max, „dass wir auf so einfache Weise, gleich über die Liebe sprechen. Du hast da was in mir angestoßen, das mich überrascht. Ich schwärme plötzlich für die Liebe."

Max sah Mara begeistert an. Sie schwieg, hatte sie doch die Orientierung verloren. Woher sollte sie die Kraft nehmen, das Gespräch in eine andere Richtung zu lenken, weg von der Liebe? Da wollte sie nicht hin, jedenfalls nicht mit ihm und nicht jetzt. Max sprach voller Überzeugung.

„Meine Schöne, ich habe mich in dich verliebt. Es hat mich erwischt. Mit dir möchte ich keine Liebschaft. Mit dir möchte ich neu anfangen und die Liebe dazu einladen, eine Liebe, die uns immer verliebt sein lässt."

Mara blieb reglos auf dem kleinen Sofa sitzen, wusste nicht, wo sie hinschauen sollte. Am liebsten wäre sie mal eben verschwunden.

„Max, das kommt jetzt aber sehr überraschend."

Max nahm ihre Bemerkung großzügig hin. Es sah so aus, als hätte er damit gerechnet.

„Es besteht keine Eile. Ich habe Verständnis dafür, dass eine junge Frau ihre Ehe nicht einfach über Bord werfen kann. Du hast bestimmt viel Herzblut hineingesteckt. Ich möchte nur sagen, dass ich als Freund und Verehrer zur Verfügung stehe. Alles Weitere hängt von dir ab. Ich kann warten."

Das klang wunderbar erlösend. Er war eben doch ein starker Mann. Jetzt fühlte sie sich angenehm schwach, als wäre eine Staumauer gebrochen und alles nähme seinen Lauf. Er würde warten. Das gab ihr nun den Mut, ihn auch über die ganze Wahrheit aufzuklären.

Max lud sie mit einem geduldigen Lächeln ein und sie erzählte. Nach einer Weile hielt er ihre Hand. Dann kam dieser Moment, wo Küssen einfach unausweichlich war. Sie lehnte sich in seine Arme und küsste ihn. Er erzählte ihr von der kleinen Eidechse, die auf dem Felsen unter dem Dividivi Baum herumgeturnt war und von seinem kleinen Finger, den er als Köder für eine zärtliche Berührung ausgelegt hatte. Mara genoss seine beruhigende Stimme und ließ es sich gefallen, von ihm ins Schlafzimmer getragen zu werden, wo sie sich bis in die Morgenstunden liebten.

Max war früh gegangen. Mara wollte nicht aufwachen. Todsicher würde die böse Schwester ihre Schwäche negativ auslegen, ihr Vorwürfe machen, wie egoistisch sie gewesen war, und dass sie die Herzen anderer ausnutzte, nur um sich selber besser zu fühlen.

Aber die böse Schwester kam nicht. Sie schien es nicht zu mögen, dass sie beobachtet werden sollte. Mara war froh, dem gestrigen Abend auch etwas Positives abgerungen zu haben.

Max hatte sie zärtlich und leidenschaftlich geliebt. Er war genau zum richtigen Zeitpunkt in ihr Leben zurückgekehrt und hatte ihr die Medizin gegeben, die ihr helfen konnte, die Depression zu überwinden. Sie befand sich auf einem Höhenflug hinaus aus der Talsohle. Ihr Selbstbewusstsein nahm wieder Form an. Sie hatte tatsächlich in dem ganzen Durcheinander dieses Morgens an das Jobcenter gedacht, aber vor allen Dingen sah sie die Bilder von Maria und Theresa wieder mit lebhaften Augen.

Max war für sie der Medizinmann, der vom ewigen Verliebtsein gesprochen hatte. Was für eine wunderschöne Vorstellung. Dieser Mann liebte sie, aber würde er sie auch verstehen, wenn es darauf ankäme? Je deutlicher sie sich klarmachte, dass Max in sie verliebt war, und mit seiner Bereitschaft zu warten, demonstriert hatte, dass er es ernst meinte, um so schwindeliger wurde ihr bei dem Gedanken, dass sie Max nicht liebte.

LICHT

Klaus hatte mehrfach versucht, sie anzurufen. Sie hatte nicht reagiert. Seiner letzten SMS zufolge steckte er in ernsten Schwierigkeiten. Lilo war ihm auf die Schliche gekommen. Freunde von Lilo hatten ihn mit einer hübschen Frau im Restaurant gesehen. Klaus würde nicht locker lassen, und genau so kam es. Einen Tag später stand er vor ihrer Tür. Sie öffnete.

„Darf ich reinkommen?"

Mara bat ihn widerwillig herein und hoffte, ihn endgültig von seiner Chancenlosigkeit überzeugen zu können.

„Was gibt's?"

„Lass mich erst zur Ruhe kommen", bat Klaus. „Ich musste Lilo alles über unser Treffen erzählen. Sie fährt übers Wochenende zu ihrer Mutter. Keine Ahnung, was die aushecken. Aber weißt du, ehrlich gesagt, ist mir das egal. Du hast mir einen so wunderschönen Abend beschert, dass ich seitdem keinen klaren Gedanken mehr fassen kann. Dich nur anzusehen, wie du so begeistert erzählt hast, den Glanz in deinen Augen zu bewundern, deine süße Frauenstimme zu hören, das hat mich umgehauen. Du bewegst Dinge in mir, die mir neu sind. Ich kenne mich nicht wieder."

„Du sagst sehr liebe Sachen, aber ich habe dir nichts versprochen. Ich muss selber erst mal Abstand finden.

Fahr du am Wochenende weg, wie Lilo! Komm mit dir erst mal ins Reine. Ich habe mich für Samstag und Sonntag zu einem Meditationskreis angemeldet. Ich werde mit Sicherheit nicht da sein. Wie gesagt, lass uns erst wieder einen kühlen Kopf bekommen und getrennte Wege gehen."

„Mara, du verstehst nicht. Ich möchte dich, nicht Lilo."

„Klaus, das ist der Rausch eines netten Abends. Wo bleibt dein mathematisches Gehirn? Schalte mal den Verstand wieder ein."

„Darum geht es ja. Du hast es als erste Frau geschafft, diesen Teil bei mir abzudrehen. Das fühlt sich unübertrefflich an. Ich möchte mehr davon, ist das so schwer zu verstehen?"

Mara nahm allen Mut zusammen.

„Jetzt ist aber Schluss, Klaus. Du musst gehen, mir zuliebe. Ich habe mich emotional noch nicht völlig von meinem Mann getrennt. Ich bin nicht offen für eine neue Beziehung. Das versichere ich dir."

Klaus protestierte und versuchte sie wenigstens zu einer Aussprache an einem anderen Ort zu überreden. Sie machte keine Zugeständnisse, konnte ihn aber abwimmeln, indem sie ihm nochmals ihre befangene Situation vorhielt, womit er sich auf einen späteren Zeitpunkt vertröstet fühlte. Mara fiel erschöpft ins Bett. Das Yoga Weekend kam wie gerufen.

WIEDERFINDEN

Shri Haramah, eine Inderin, um die fünfzig mit grau meliertem Haar, das sie hochgesteckt trug, sang zur Begrüßung in einem der vielen indischen Dialekte. Sie bat um Güte, Vergebung und darum, die Augen schließen zu dürfen, damit man sehen konnte, was nicht zu sehen war.

Sie übten sich im Auffinden der Stille. Zuerst konnte Mara sich mit der Stille nicht anfreunden. Sie suchte sie mit den Ohren, also eine Stille, in der es kein Geräusch gab. Es gab aber immer Geräusche irgendeiner Art und wenn es der eigene Herzschlag war. Am zweiten Tag fand sie dann heraus, was die Meisterin meinte. Sie erfuhr die Stille zwischen ihren Gedanken, jeweils in den kurzen Momenten, wenn kein Gedanke da war.

Das intensive Beobachten der eigenen Gedanken zeigte erste Erfolge. Noch am Sonntagabend begann sie, sich ein eigenes Konzept zurechtzulegen. Sie musste ihrer bösen Zwillingsschwester den Raum streitig machen. Das hieß, sie musste sich sehr genau kontrollieren und dazu konnte ihr auch ihre Fantasie behilflich sein.

Sie richtete sich in ihrem Geist einen Friedhof für traurige und quälende Gedanken ein. Immer wenn sie negative Gedanken wahrnahm, schickte sie die umgehend auf diesen imaginären Friedhof, wo sie beerdigt wurden. Je öfter sie sich beobachtete, um so besser wirkte die Methode. Außerdem verzichtete sie auf den verflixten Alkohol, dem besten Freund der Depression. Es kam Schwung in die Sache. Mara zwang sich morgens früher aufzustehen, auch wenn ihr das vor acht Uhr noch sehr schwer fiel.

MONTAG

Klaus hatte mehrmals getextet, aber keine Antwort erhalten. Max war nach Utrecht gefahren, um seine Tochter zu besuchen. Für Dienstag hatte er sich bei Mara angemeldet. Seine Stimme am Telefon klang sehr sachlich, kein einziges nettes Wort. Mara nahm das so hin, ohne nach einer Ursache gefragt zu haben.

Montagabend. Klaus stand unangemeldet bei ihr vor der Wohnungstür. Er sah mitgenommen aus. Kaum war er eingetreten, übermannte ihn sein Kummer.

„Kann ich dich bitte einmal umarmen? Bitte, bevor ich ein Wort sage, möchte ich dich in die Arme nehmen. Bitte!"

„Klaus, du machst es dir nur schwer damit."

Mara ließ sich breitschlagen. Klaus umarmt sie und seufzte danach.

„Du machst dir kein Bild vom Wochenende. Ich bin herumgefahren wie ein Idiot. Bis Bremen, einfach so. Komm mir nicht mit Nachdenken. Das hat selbst in der Lüneburger Heide nicht geklappt. Bin dort an der Autobahn abgebogen und habe einen langen Spaziergang im frostigen Wind gemacht, bis mir der Kopf wehtat. Der Wunsch, dich zu sehen, hämmerte alle Gedanken in kleine Eissplitter. Ich war ein einziges Gefühl. Nichts anderes ging mehr. Lilo hat nur ein paar Sachen geholt und ist wieder zu ihrer Mutter gefahren. Ich hab mich in dich verliebt."

Mara hatte geahnt, dass die Angelegenheit nicht glimpflich ausgehen würde, fühlte sich aber nicht stark genug, sich auf eine Szene mit ihm einzulassen und schwieg deshalb.

„Meine Gefühle kommen aus dem Niemandsland. Neu wie Neuschnee, weiß wie unbefleckt. Wenn ich mich so reden höre, ist selbst das neu. Glaubst du, so eine verschnörkelte Sprache hätte ich vor ein paar Tagen von mir gegeben? Wenn in einem Mann der Poet erwacht, ist es um ihn geschehen. Könnte von Shakespeare sein, ist aber von mir. Nimm dir bitte Bedenkzeit, lass mich hier nicht mit einem Nein abblitzen, bitte!"

Mara konnte nachfühlen, wie es Klaus zumute war, wusste aber, dass sie weder in ihn noch in Max verliebt war. Da war außer Respekt keine Regung. Klaus versuchte nachzuhaken.

„Gib mir ein Fünkchen Hoffnung mit auf den Weg."

„Klaus, ich werde im Moment keinem Mann eine Zusage machen. Ich bin noch nicht reif für eine Beziehung. Bitte respektier das. Das ist mein letztes Wort."

Klaus durfte sie umarmen. Er verließ die Wohnung und ging in eine kalte Dezembernacht hinaus.

DIENSTAG

Ein brauner Umschlag mit Luftpostzeichen raschelte durch den Briefschlitz. Mara atmete tief durch. Licht am Ende des Tunnels. Hastig riss sie Pauls Brief auf.

Liebe Mara,
Aus der Ferne ist es gewiss schwer zu beurteilen, was Ihnen am besten helfen kann, Ihre Depression loszuwerden. Ich gebe Ihnen daher nur allgemeine Empfehlungen. Gehen Sie folgendermaßen vor: Alle Glaubenssätze aufschreiben und überprüfen. Fragen Sie, ob das wirklich stimmt, was Sie von sich denken. Wandeln Sie ihre Gedanken in positive Formeln um und visualisieren Sie das Positive. Eine Stunde Yoga. Eine Stunde Comedy Show. Eine Stunde Gymnastik oder Sport jeden Tag. Diät. Wenn sie einen EFT Spezialisten kennen, soll er mit Ihnen Detailauflösungen machen. Sie kommen generell aus Ihrer Depression genauso wieder heraus, wie sie reingekommen sind.
Und denken Sie immer daran: Die Liebe ist das wichtigste Werkzeug im Leben und das Bewusstsein ist die Werkstatt.
Alles Gute,
Paul

Ein bisschen spät rückt er nun doch mit ein paar Tipps heraus, dachte Mara und war stolz auf sich, denn sie hatte wichtige Schritte bereits selber eingeleitet. Sie hatte sich negativ die Spirale heruntergeredet, und nun hatte sie begonnen, sich positiv hinaufzureden. Jetzt sah sie auch, warum die Liebe über Wochen nicht aus ihrem Versteck herausgekommen war. Ihre Sucht nach Negativität hatte sie blockiert.

Es war erst eine Woche vergangen und Herr Böckmann würde eine andere Patientin sehen, da war sich Mara sicher.

TERMIN BEI BÖCKMANN

„Frau McDowell, guten Tag. Wie geht es Ihnen?"
„Schon viel besser."
„Dann haben Sie meine Empfehlungen befolgt?"
„In gewissem Sinne. Ich hatte zwei Verabredungen. Allein durch das Reden habe ich für einige Stunden eine Ablenkung erfahren, die mir gut getan hat. Meine Gedanken verlagerten sich wieder nach außen." Mara genoss ihren Redeschwall und fuhr unbeirrt fort. „Ich weiß jetzt, dass die Depression ein notwendiger Meilenstein für mich war. Die Depression hat beinahe alles in mir ausgelöscht. Weil ich das Dunkel gesehen habe und es nun kenne, kann ich das Licht besser sehen. Das Licht hat an Kraft und Farbe hinzugewonnen. Ich habe die zerstörerische Wirkung der negativen Gedanken gesehen. Sie und die Angst vor Enttäuschung und Versagen bauten eine Wand, gestützt von Schuldgefühlen. Ich verstehe jetzt, wie dieser Mechanismus die Liebe unterdrückt und ich versteh auch, was es braucht, um diese Wand einzureißen."

Mara fühlte sich wie in einem Rausch. Sie überlegt kein Wort von dem, was sie sagte. Es war alles so klar und rein in ihren Augen. Böckmann übernahm das Gespräch.

„Sie haben Ihre Situation beeindruckend geschildert. Im Prinzip gefällt mir ihre engagierte Art. Sie sehen sich als die aktive Komponente im Genesungsprozess. Diese Einstellung begegnet mir nicht oft."

„Deswegen dauert die Heilung auch so lange", kommentierte Mara. „Was ich verbockt habe, muss ich auch wieder geradebiegen. Nur manchmal fehlt es an Zuspruch, Mut und ein bisschen Technik. Jedenfalls vielen Dank. Ich werd dann mal los. Heute Abend ist Yoga dran und dann mache ich noch einen Mindfulness Spaziergang, *stalking awareness*, wie die Schamanen sagen. Machen Sie's gut."

„Auf Wiedersehen Frau McDowell."

Mara wusste nicht, ob sie sich für tollkühn halten sollte oder vielleicht auf dem besten Weg in die Psychiatrie war. Sie verließ Böckmanns Praxis mit dem sonderbaren Gefühl, einen Schritt im Leben getan zu haben, der sie von nun an ständig begleiten würde.

DER NEUE

Alle Teilnehmer des Yogakurses saßen bereits auf ihren Matten und warteten auf Shri Haramah. Doch herein kam ein Mann mit lang gelocktem Haar, Anfang dreißig. Er setzte sich vor die Gruppe in einen Lotussitz und schwieg. Nach einigen Minuten stellte er sich mit dem Namen Martin Lohmann vor und informierte die Gruppe über seine Funktion als Vertreter für Frau Haramah.

Danach vollzog er ein straffes Programm. Zum Abschluss: Meditation.

Während sich die Yoga Schüler in der inneren Ruhe übten, sprach Martin Lohmann mit klarer und akzentuierter Stimme.

„Ich schließe meine Sitzungen immer mit einigen Gedanken zum Thema Liebe. Die Liebe taucht in der heutigen Zeit mit vielen Gesichtern auf. Um das wahre Gesicht der Liebe zu erkennen, muss man sein Selbst ergründen, denn das ist der Ort, wo sich die Liebe versteckt."

Lohmann machte eine Pause.

„Menschen möchten sich vor Ängsten aller Art schützen und beschäftigen sich damit fast ihr gesamtes Leben. Das ist traurig, weil dadurch ihre Liebe nicht erblühen kann. Nur wenn wir uns bewusst werden, was unsere Ängste mit uns machen, können wir uns davon befreien. Machen Sie das Bewusstsein zu ihrer Werkstatt und lassen Sie die Liebe durch Sie wie ein Werkzeug wirken. Machen Sie sich klar, dass Sie die Liebe sind. Dann sind Sie nie allein. Ich danke Ihnen. Gute Nacht."

Mara saß dort starr und wollte sich nicht rühren. Sie konnte nicht glauben, was sie gerade gehört hatte. Das konnte kein Zufall sein. Lohmann hatte aus Pauls Brief zitiert. Fast die gleichen Worte. Das war unmöglich! Sie musste sich täuschen. Oder hatten beide Männer vielleicht das gleiche Buch gelesen und beide waren auf den Vergleich Liebe = Werkzeug und Bewusstsein = Werkstatt gestoßen. Nichts passierte ohne Grund. Was ging dort oben zwischen den Sternen vor?

Martin Lohmann rollte seinen bunten Flickenteppich zusammen, band ihn mit einem Ledergürtel fest und warf das Bündel über die Schulter. Als er das Licht ausmachen wollte, schaute er plötzlich in Maras Augen. Sie hatte ihn fasziniert beobachtet. Er war nicht vom Himmel gefallen und trotzdem musste der Himmel ihn geschickt haben. Es gab eine unbekannte Verbindung zwischen ihnen. Er kam auf sie zu.

„Wie hat Ihnen die Sitzung gefallen?"

„Sie machen das sehr gekonnt."

„Ich fahre jedes Jahr für zehn Wochen in ein Yoga Retreat. Dort habe ich Zeit, mir neue Impulse für mein Programm auszudenken."

„Das hört sich toll an. Ich träume davon, so etwas Ähnliches später mal zu machen." Mara wunderte sich über ihre Worte, denn eigentlich hatte sie bisher nicht wirklich über einen solchen Plan nachgedacht.

„Machen Sie das! Sie haben Talent."

Sie schaute ihn überrascht an. Er schaute irritiert zurück.

„Was meinen Sie damit", fragte sie. Was konnte Martin über ihr Talent wissen?

Auf diese Frage hatte er keine handliche Antwort parat. Er zögerte, zu lange für ihre Begriffe.

„Äh, haben Sie gemerkt, wie unser Gespräch verlaufen ist? Sie hören mir sehr gut zu. Das ist nicht selbstverständlich. Das meinte ich mit Talent."

„Sie hören mir genauso gut zu", gab sie zurück.

Lohmann nutzte die kleine Pause, um das Thema zu wechseln.

„Darf ich fragen, ob Sie wegen eines bestimmten Problems zu den Yogaklassen kommen?"

„Ich bin auf dem besten Weg, meine Depression unter Kontrolle zu bringen. Yoga ist eines meiner Werkzeuge."

„Eine Depression kann ein wichtiger Schritt auf dem Weg zur Selbsterkenntnis sein. Sie kann Sie Ihrer eigenen Liebe ein Stückchen näherbringen."

Mara spürte eine wachsende Unruhe. Zwischen Ihnen spielte sich unterschwellig etwas ab, was sie nicht einordnen konnte, aber von großer Ausstrahlung war. Als er sie fragte, ob er sie nach Hause begleiten dürfte, willigte sie ein.

Dieser Mann besaß ein Geheimnis. So viel stand fest. Martin brachte sie bis zur Haustür, wo sie sich gegenseitig das Du anboten. Sie verabredeten sich für den nächsten Tag.

Mara wollte gerade die Haustür hinter sich zuziehen, da knallte eine Autotür heftig ins Schloss. Max kam auf sie zugelaufen und bat sie ins Treppenhaus vorzugehen. Seine versteinerte Miene verriet nichts Gutes.

„Es ist sehr ruhig um dich geworden", begann er schroff. „Du hattest Besuch am Freitagabend, vor deinem Yoga-Weekend. Ich wollte dich überraschen, stand vor deiner Wohnung, hatte etwas zum Kochen eingekauft. Aber da war mir wohl schon jemand zuvorgekommen. Ein Mann verließ deine Wohnung. Hör zu Mara, damit kann ich nicht umgehen. Ich wär beinahe ausgerastet. Dieser Typ kann von Glück sagen, dass wir nicht auf Aruba sind. Was hast du mit diesem Kerl zu schaffen? Aber was red ich. Da sind gleich zwei. Der Typ, der dich gerade nach Hause gebracht hat, auf welchem Rang steht der?"

Mara hielt sich am Treppengeländer fest. Seine aggressive Körpersprache machte ihr Angst. Er schritt im Hausflur vor ihr auf und ab. Jedes Mal wenn er auf sie zukam, glaubte sie, er würde ihr mit seinen kräftigen Händen wehtun. Sie versuchte seinen rastlosen Blicken auszuweichen, bis er plötzlich vor ihr stehen blieb und wie umgewandelt sagte: „Mara, du kannst nicht mit mir schlafen und dann so tun, als wäre nichts gewesen. Du bist eine ungeheuer attraktive Frau. Ich habe dich träumen sehen. Du hast gezuckt und deine Arme über mich geworfen. Du machst mich verrückt, Mädchen. Ich geh die Wände hoch. Seit Freitag habe ich keine ruhige Minute. Sag doch endlich was!"

Mara öffnete die Wohnungstür und beide gingen in die Küche. Sie fühlte sich wie gelähmt. Es war eingetreten, was sie insgeheim befürchtet hatte.

„Können wir nicht morgen reden? Ich bin müde und erschöpft."

„Ich schlag mir nicht noch eine Nacht um die Ohren. Ich habe drei Tage gewartet, um mich abzukühlen. Seit wann bedeutet es einer Frau so wenig, wenn sie mit einem Mann geschlafen hat? Du bist keine Frau für eine Nacht. Was ist los mit dir?"

Mara musste ihm reinen Wein einschenken. Dass sie ihn nun sehr verletzten würde, schnürte ihr die Kehle zu. Woher nahm sie nur die Kraft? Sie musste die Wahrheit sagen.

„Eigentlich wollte ich in dieser Nacht nur mit dir reden, aber dann kam eins zum anderen. Als bräche ein Staudamm, so brachen lang eingekerkerte Gefühle in mir los. Ich war so glücklich über meinen Befreiungsschlag gegen die Depression. Das war an diesem

Abend mit dir. Diese Befreiung gleich wieder zu kontrollieren, dazu war ich nicht im Stande. Ich mochte dich sehr und so ist es dann passiert. Aber mach mich bitte nicht für die Folgen verantwortlich. Ich habe dir nichts versprochen und heute kommst du voller Erwartungen."

„Mara, ich baue keine Luftschlösser. Ich habe mich verliebt und das nicht erst seit ein paar Tagen. Ich dachte, es wäre gut gewesen, uns eine Auszeit gegeben zu haben. Du warst zu recht gekränkt, aber wie steht es mit Verzeihen? Ich bitte dich um Verzeihung. Ich hab mich damals von einem Abenteuer mit dir reizen lassen, statt an eine ehrliche und feste Beziehung zu denken. Das war ein Fehler, den ich längst bereut habe. Bitte, gib mir eine neue Chance!"

Mara wankte innerlich, aber nicht weil sie an ihren Gefühlen zweifelte, sondern weil sie wusste, dass sie Max enttäuschen musste.

„Sieh mal Max, du hast einfach in deiner Welt weitergeträumt, ohne meine Welt zu kennen. Nun entspreche ich nicht deinen Vorstellungen. Das tut weh, aber es ist nicht meine Schuld. Du gehst davon aus, dass ich so empfinde wie du, nur weil wir hier miteinander geschlafen haben. Für mich bedeutete diese Nacht auch sehr viel und meine Gefühle für dich waren ehrlich, aber daraus mehr abzuleiten, das ist für mich nicht möglich."

„Das kannst du mir nicht erzählen, Mädchen, dazu kenn ich die Frauen zu gut. Du hast einen anderen, hast dich in dieser Gefühlsduselei in einen anderen Typen verknallt. Händchenhalten und romantische Spaziergänge bedeuten dir mehr, als einen richtigen Mann an deiner Seite zu haben?"

„Können wir jetzt Schluss machen, Max? Ich treff dich morgen, okay? Dann können wir reden."

Mara war erschöpft und begann zu zittern.

„Du willst mich abwimmeln, wie einen lästigen Hund. Mich auf die sanfte Tour abschieben, das hab ich nicht verdient. Wir würden ein wunderbares Paar abgeben. Aruba läge dir zu Füßen. Mit meiner Familie krieg ich das schon hin. Du würdest viel bei Daria sein können. Mara, denk daran, was wir beide zusammen aufbauen könnten. Ich liebe dich."

Sie raffte ihre letzten Kraftreserven zusammen.

„Max, noch mal, du hast da was falsch verstanden. Ich bin mit Sicherheit noch nicht reif für eine Beziehung. Lass mich bitte erst einige Wochen in Ruhe. Im Moment kann ich nicht einordnen, wohin ich mich bewege. Versteh doch, ich war krank und bin gerade dabei, mich wieder besser zu fühlen. Bitte lass uns für heute aufhören!"

„Ich kann es nicht fassen. Kannst du nicht einfach eine normale Frau sein? Wir haben nicht mal einen Versuch gemacht."

„Max, ich bin müde. Du bist lieb, aber geh jetzt bitte."

„Wir finden einen Weg. Ich ruf dich an. Wenn da ein anderer Mann ist, den schaff ich schon. Hab schon ganz andere aus dem Ring geboxt. Lass dich umarmen!"

Max umarmte Mara und küsste sie auf die Stirn. Dann ging er. Mara fiel todmüde ins Bett. Sie zitterte noch mehr, als sie sich die kalte Bettdecke überzog. Ein strenges endgültiges Nein musste her.

MARTIN

Am nächsten Morgen freute sie sich darüber, nach langer Zeit zum ersten Mal wieder gut geschlafen zu haben. Sie saß am Küchentisch und schrieb ihre Glaubenssätze auf, so wie Paul ihr geraten hatte. Einer davon fiel ihr besonders auf: *Ich kann nicht arbeiten gehen.* Mein Gott, wie hatte sie sich selbst behindert geredet. Sie drehte den Satz um und musste lachen. *Ich kann arbeiten gehen* hörte sich sogar besser an. Auf einmal freute sie sich auf die Aussicht, mit Conny zu quatschen und mit Frau Ellermann im Betriebsrat zu sitzen. Papa wäre bestimmt stolz auf sie.

Ihr Handy meldete sich. Eine neue Nummer.

„Hi Mara, Martin hier. Können wir kurz reden?"

„Ja, klar. Sehen wir uns um fünf?"

„Deswegen ruf ich an. Mir ist was dazwischen gekommen. Wir müssen das auf morgen verschieben. Darf ich dich dann um sechs zum Essen abholen?"

Sie wollte Martin nicht einfach gehen lassen.

„Klar, morgen geht auch", sagte sie und schob nach: „Mir hat unser Gespräch von gestern gut gefallen. Wir teilen so viele Ansichten miteinander. Es kam mir so vor, als wären wir uns schon mal begegnet."

„Ganz bestimmt nicht!", klang er leicht verunsichert. „Allerdings hatte ich auch den Eindruck, dass wir erstaunlich viele Dinge ähnlich sehen."

Mara wollte jetzt nicht loslassen. Vielleicht ergab sich erneut eine Auffälligkeit.

„Ein Glück, dass das Yoga mir bei der Depression geholfen hat. Wir wären uns sonst nie begegnet."

„Vor Jahren verlor ich einen geliebten Menschen. Diese dunkle Phase in meinem Leben habe ich später mein Baby genannt. Ich erzähl dir ein anderes Mal davon. Jetzt muss ich los. Ich hol dich morgen um sechs ab."

Mara wollte noch sagen, dass sie sich freute, aber die Worte blieben ihr im Halse stecken. Baby, das Wort hatte Paul in einem seiner Briefe benutzt. Es war der von letzter Woche. Den hatte sie nur flüchtig gelesen. Eilig kramte sie den alten Schuhkarton hervor, in dem sie ihre private Korrespondenz aufbewahrte. Sie nahm Pauls Brief und las.

Kein Zweifel. Da stand das Wort Baby und in Pauls Brief bedeutete es das Gleiche wie bei Martin. Baby stand für eine Erkenntnis, die man durch Leiden gewonnen hatte.

LIEBESFÜGUNG

Am nächsten Tag kontrollierte sie ihr Handy öfter als gewöhnlich. Sie hoffte, Martin würde sein Versprechen halten und sie um sechs abholen. Max hatte angekündigt, sie zum Wochenende zu einer Aussprache bewegen zu wollen. Klaus hatte sich von Lilo getrennt. Auch er wollte sie dringend sprechen. Nachricht Nummer drei zauberte ein Lächeln in ihr Gesicht. Es war Martin: „Ich freue mich."

Der Tag verging wie im Flug. Noch zweimal holte Mara das Handy hervor und las Martins Nachricht. Sie konnte seine Ankunft kaum erwarten. Sie würde sein Geheimnis schon aus ihm herausquetschen. Es ging auf sechs Uhr zu.

„Ten min late." Martin hatte ihr eine SMS in Englisch geschickt. Was hatte das zu bedeuten? Englisch war ihm geläufiger, aber weiter fiel ihr nichts ein. Viertel nach sechs. Es schellte. Sie ließ sich ihre Aufregung nicht anmerken und bat ihn freundlich herein.

„Hi, Mara. Konnte nicht früher, musste noch packen und dann hat mich Shri noch aufgehalten."

„Du packst? Wohin geht die Reise?"

„Nach Berlin."

Mara spürte Martins Unsicherheit. ‚Berlin', das war doch keine Antwort.

„Was machst du in Berlin?"

Martin blickte an ihr vorbei, als könnte er so das Thema wechseln.

„Ich baue dort ein Zentrum auf." Er schluckte. Mara merkte seine Anspannung, die ihre eigene noch verdoppelte.

„Was für ein Zentrum?"

„Es ist mehr ein Studienort. Wir wollen unter anderem Vorschläge für ein neues Unterrichtsfach für Schulen ausarbeiten. Thema ist die Liebe."

Mara fühlte, wie Feuer und Flamme über sie kamen. Das wäre ihr Wunschtraum. Aber ihr Interesse galt Martin. Er benahm sich komisch.

„Martin, du hast doch was. Kannst du mir bitte sagen, was hier gespielt wird? Ich möchte gerne wissen, wer du bist. Kann es sein, dass wir uns doch zufällig irgendwie kennen?"

„Es ist alles anders, als ich es mir vorgestellt habe", kam es verschüchtert von ihm.

„Was vorgestellt?"

„Hier vor dir zu stehen, und es dir zu sagen."

„Mensch Martin, was denn?"

„Mein Pseudonym ist Paul. Ich habe alle deine Briefe gelesen und die Antwortbriefe, die du von Paul bekommen hast, habe ich geschrieben."

Mara wich einen Schritt zurück. Innen lief alles Sturm.

„Das ist nicht wahr. Paul lebt in Irland und ist mindestens sechzig."

„Das ist richtig. Er finanziert und fördert junge engagierter Leute, die seine Philosophie von Liebe weiterentwickeln möchten. Wir müssen unser Können beweisen. Wir sind insgesamt siebzehn Männer und Frauen auf fünf Kontinenten. Paul ist unser geistiger Lehrer."

Mara wusste nicht, wie ihr geschah. Das war ungeheuerlich. Sie fühlte sich belogen und betrogen und zugleich wurde ihr die Tür zu ihrem größten Wunsch geöffnet.

„Ich war also dein Versuchskaninchen?"

„Paul hat jedes Wort abgesegnet, das ich geschrieben habe."

Mara drehte sich zur Seite und machte einen weiteren Schritt von ihm weg.

„Sieh es, wie du willst", sagte Martin mit Blick in ihre Augen. „Es gibt da noch etwas."

„Und? Schlimmer kann's nicht kommen."

„Paul möchte, dass du unsere 18. Partnerin wirst. Er hat dich beobachtet. Er denkt, dass du eine außerordentliche Gabe hast, die richtigen Fragen an die Liebe zu stellen und dass du eine gute Forscherin würdest. Dir sei die Liebe auf Schritt und Tritt gefolgt. Genau so wie du ihr. Du wärest ein Naturtalent, hat er gesagt. Die Liebe und du, ihr wäret das Paar der Zukunft, so wie es einmal sein soll."

Mara wusste nicht, wo sie hinschauen sollte. Die Enttäuschung wog schwer, aber die Einladung machte alles wieder gut.

„Und nun", fragte sie energisch.

„Und nun hängt alles von dir ab."

„Was meinst du damit?"

„Unten steht mein Wagen. Ich fahre jetzt nach Berlin. Paul möchte, dass du mit mir das Zentrum aufbaust. Ich möchte es auch. Kommst du mit?"

LIEBESWEISUNG

Wie es geschehen war, dass sie neben Martin im Auto saß, konnte sie nicht sagen, aber sie saß da. Sie saß in einem Auto mit irischem Kennzeichen und dem Lenkrad auf der ‚falschen' Seite. In der Hand hielt sie ein Marzipanschwein.

Nach einigen Minuten hörte sie Martin über seine Gefühle reden, als er ihr die Briefe schrieb und was er fühlte, wenn er welche von ihr bekam und dann auf der A2 Richtung Hannover hörte sie ihn sagen:

„Ich liebe dich."

THE END

Fast alle im AAVAA Verlag erschienenen Bücher sind in den Formaten Taschenbuch und Taschenbuch mit extra großer Schrift sowie als eBook erhältlich.

Bestellen Sie bequem und deutschlandweit versandkostenfrei über unsere Website:

www.aavaa.de

Wir freuen uns auf Ihren Besuch und informieren Sie gern über unser ständig wachsendes Sortiment.

www.aavaa-verlag.com